もっと味わい深い

万葉集の新解釈

II

巻第7　巻第6　巻第5　巻第4

上野　正彦

東京図書出版

まえがき

　私は、これまでの万葉歌の訓解には、つぎのような通弊があると考えています。

　最も甚だしいのは、原文の文字を誤字として、別の文字に置き換える「誤字説」により訓むことです。原文にない文字を脱字があるとして、勝手に補足して訓むことも、誤字説に近いものです。

　江戸時代の研究者である契沖、賀茂真淵、本居宣長は、誤字説を常套手段として多くの万葉歌を訓解しました。この３人を、万葉歌訓解の功労者であると評価するあまり、今日の多くの職業研究者は、今もその誤字説による訓解を信奉し、それに従っています。

　つぎに、原文に訓を付しながら、その訓語の意味が理解できないとして、堂々と「語義未詳」としていることが多いことと、また、それを回避するために所在不明の地名であるとか、あるいは枕詞であるとかといい、語義の究明を放棄していることです。

　３つ目は、短歌は少ない語句からなり、比喩的に詠まれていることが多いものであるのに、「譬喩歌」とある歌でさえ、譬喩の内容が明らかにされず、字面だけの解釈が多いことです。あまつさえ、歌を「深読み」してはいけないという、変な風潮が罷り通っています。

　また、万葉歌に比較的多い「与」（與）を「こそ」、「行年」を「そね」と訓むこと、「ら」「ぬ」「む」にあたる原文の表記がないのに「らし」「ぬかも」「む」などと当然のように訓んでいることも、通弊と考えます。

　長い間、通用してきたことであっても、それだけでは正しいことの理由にはなりません。長い間、通用してきたことを改めようとすると、多くの抵抗に遭遇しますが、それに怯んで怠っては、研究の名に値しないものです。

　繰り返して習うことを「稽古」といい、古くは学問の意にも用いられていますので、先例に従うだけでも「学問」であるかも知れませんが、「研究」ではないと考えます。

　令和４年８月

令和万葉塾　塾主　上野正彦

凡　例

1　横書き

　これまで、万葉集の注釈書はほとんど縦書きである。本書の内容は、これまでにない新しい訓解であるので、その外装もこれまでにない横書きとした。

2　底本主義を採らない

　本書の立場は、現存しない当初の「萬葉集」に、当初どのように表記がされていたかを、その後の多くの古写本の表記から推定して、新訓解を提唱するものである。したがって、特定の古写本を基本とする、底本主義を採らない。

「多くの古写本の表記」として、主に「**万葉集校本データベース作成委員会**」がウェブサイトで公表している、数本以上の古写本の原文を判読することによった。本書の研究ができたのは、同委員会の上記提供があってのことで、深く敬意と感謝を表する。

3　本書の構成

①　歌番号は、『国歌大観』による歌番号を付した。「類例」の新訓解の歌がある場合は、その歌番号を併記した。また、歌番号の後方にある（誤字説）（語義未詳）（寓意）などの表記は、本書が新訓解を提唱する原因となった、その歌のこれまでの訓解の特徴・範疇を示している。

②　歌番号の下に、題詞・作者名・その他の事柄を、適宜記載している。

③　「**新しい訓**」は、定訓によらず、新しい訓として本書が提唱する訓である。それが、定訓以前に流布していた訓の場合は、（旧訓）と併記した。定訓によるが、その解釈を新しく提唱する場合は、「定訓」をここに記載している。定訓ではないが、広く流布している訓の場合は、「これまでの訓の一例」と表記した。

④　「**新しい解釈**」は、③に記載した「新しい訓」「定訓」などに対

し、本書が提唱する新しい解釈を示している。寓意のある歌は、寓意の内容も記載しているが、寓意の内容を「新訓解の根拠」に記載している歌もある。

　文中における〈　〉内の詞は、枕詞であることを示している。

⑤　「**これまでの訓解に対する疑問点**」は、本書が提唱する新訓解に対応する、定訓の訓およびそれに基づく解釈を示し、それに対する疑問点を摘示している。

　これに関する、戦後の代表的な注釈書９著の見解を、適宜引用している。９著の記述から、現在の訓解の水準を確認している。

　なお、定訓によるが、新しい解釈を提唱する場合は、「これまでの解釈に対する疑問点」と表記している（⑥も同旨）。

⑥　「**新訓解の根拠**」について、定訓と異なる原文を採用するとは、その出典の古写本名を示し、異なる訓を付すには『類聚名義抄』はじめ古語辞典・漢和辞典を引用している。新しい解釈においても、古語辞典などを引用している。他の万葉歌の訓例なども多数例示している。

　なお、同一歌番号の歌の中に、新訓解の歌句が複数あるときは、「その１」「その２」などの小表題を付けていることがある。

　また、他の万葉歌にも、類例の新訓解があることを指摘する場合は、「**類例**」として、その下に解説を併記している。

⑦　「**補注**」は、適宜、参考になると思われる事柄を記載している。

4　参考文献

　本書の著述に用いた文献は、本文中にすべて記載しているので、それ以外のものを加えた、いわゆる「参考文献」を一括掲示していない。

　本書の性格上、通しでのほか、関心のある歌のみを読まれることを想定し、各歌毎に文献名を再記載しているので、文献略称の一覧を付していない。

　　　　　　　　　　　　　　　　　　　　　　　　　　　以上

目　次　　　　　新訓解の要点

　巻第4の「相聞」の部の巻頭歌。題詞に、仁徳天皇の妹が天皇に奉上したとあり、八田皇女の歌といわれている。

新しい訓

> 　一日こそ　人も待ちよき　長き日(け)を　かく待たゆれば　あり
> 上がりえず

新しい解釈

> 　一日だけなら誰でも待ちやすいですが、長い日数を**このように待たされたら、ずっと気持ちを昂(たか)ぶらせて待っていることな**どできません。

■これまでの訓解に対する疑問点

　定訓は、まず第4句原文「**如此所待者**」の「**所**」を「**耳**」の誤字とする本居宣長『玉の小琴』の説に従い、「かくのみ待たば」と訓むものである。

　つぎに、結句の原文は、元暦校本、広瀬本、紀州本は「**有不得騰**」、神宮文庫本、西本願寺本、京都大学本、陽明本、寛永版本は「**有不得勝**」と分かれているが、定訓は「有不得勝」を採用して、「**ありかつましじ**」と訓んでいる。

　しかし、「ましじ」は打消の推量・意志の助動詞であるが、「有不得勝」に推量や意志と解しうる表記がない。

　万葉集において、「ありかつましじ」あるいは「ましじ」の表記例は、つぎの6例があるが、いずれも「じ」にあたる「自」「士」の表記がある。

94番歌「有勝痲之自」　　610番歌「有不勝自」
　　　723番歌「有勝益士」　　1352番歌「勝益士」
　　　2702番歌「在勝申自」　　3353番歌「痲思自」

　さらに、定訓は「あり」を「生きる」の意に解し、結句を「とても生きてはいられないでしょう。」(『岩波文庫　万葉集』)と訳しているが、疑問である。

■ 新訓解の根拠
　結句の原文は、「有不得騰」を採用する。
「騰」を「上がる」の連用形「上がり」と訓み、「その気持ちや行動・状態が極度に達する。」(『古語大辞典』)ことである。
「騰」は、万葉集において「ど」の音仮名に用いられることが多いが、２番歌「騰立」は「のぼりたつ」と訓まれている。
　また、「あり」は、「ある」の「(連用形を接頭語的に用いて) 続けて……する。ずっと……する。」(前同) の意。145番歌「あり通ひつつ」は、その例である。
　したがって、結句「有不得騰」は「あり上がりえず」と訓み、「ずっと気持を昂ぶらせていることができない」と解釈する。
　また、第４句の「所」は受身の助動詞「ゆ」の已然形「ゆれ」と訓む。
　第４句「如此所待者」は、「かく待たゆれば」である。

柿本人麻呂の歌である。

新しい訓

百へ二も 来至るかもと 思へかも 君が使ひの 見れど飽
かざらむ

新しい解釈

百回に二回でも、君が来る知らせだろうかと思っているから
だろうか、君の使いが来るのを、見飽きることがない。

■ これまでの訓解に対する疑問点
　第2句の原文「來及婁常」の訓について、金沢本は「きしかれかも
と」であるが、その他の古写本は「きおよへかもと」である。
　江戸時代の鹿持雅澄『萬葉集古義』が「キシカヌカモト」と改訓した
ことに、現代の注釈書は従っている。
　すなわち、「及」を「しく」と訓めるとし、かつ、「かも」は「ぬか
も」の「ぬ」が非表示の形であるとして、「しきりに来ないかもと」の
願望の意に解している。
　それは、初句「百重二物」を「**百重にも**」と、百度もとの意に訓解し
ていることに起因するものである。

■ 新訓解の根拠
　まず、「百重二」の「重（へ）」は「重なったものを数えるのにいう。」
（『古語大辞典』）の意であるから、**「百」を数えるうちの「二」**の意味で
ある。
　「二」は、格助詞の「に」ではなく、数字の「二」である。

したがって「百重二物」は「百へ二も」と訓む。
「來及毳常」は、「来至るかもと」と訓む。
　したがって、「百へ二も　来至るかもと」は、百回に二回でも、来て
くれるかもと、の意。「かも」は疑問の意で、わざわざ「ぬかも」と訓
んで願望に解するべきではない。
　百回、使いの者が来て、二回ぐらいでも君が来るとの知らせであるだ
ろうかと思っても、君の使いの者が来るのは見飽きない、という歌意で
ある。
　定訓のように、「百重にも」と訓んで、「何度も繰り返し来て欲しいと
思うからか」(『岩波文庫　万葉集』)と解釈することは、「ぬ」がないの
に、願望の「ぬかも」と訓めるとする、これまでの訓解の通弊によるも
のである。
　この歌は、たとえ「百回」に対して良い知らせが「二回」であって
も、使いが来るのは見飽きないとした点に趣向がある、と考えるべきで
ある。
　この歌には「来至るかもと　思へかも」と、疑問の「かも」を続けて
２回も重ねているが、それは使者の知らせが君が来るとの知らせである
ことも、また作者がそう思うことも、極めて不確かで疑問であることを
強調しているものであり、それゆえ初句においても、「百へ二も」すな
わち「百回のうち二回でも」と詠んでいるのである。

柿本人麻呂の歌。

定訓

> 玉衣（たまきぬ）の　**さ藍（ら）さ謂（ゐ）沈み**　家の妹に　物言わず来て　思ひかね
> つも

新しい解釈

> 衣を、藍汁の入った甕に何度も沈めて染めるように、妻に言
> おうとすることを何度も言い沈んで、旅に出た後のことを妻に
> 言わないで来たことが、思いたえかねることよ。

■これまでの解釈に対する疑問点
　この歌の原文は、

「珠衣乃　狹藍左謂沈　家妹尓　物不語來而　思金津裳」

で、第2句の「狹藍左謂沈」を「**さゐさゐしづみ**」と訓むことは定訓
であるが、**語義未詳**といわれている。
　ほとんどの注釈書は、「さゐさゐ」を旅に出る前の騒ぎの意の、「さわ
ぎ」「ざわめき」の意かとしている。ただし、中西進『万葉集全訳注原
文付』は、「美しい絹の衣がさやさやとしなだれるように心も沈んで、
家の妻にかけることばも少なく出て来た。」と訳している。
　「しづみ」についても、上記の「心が沈む」と「騒ぎが鎮まる」「ざわ
めきの中に沈む」の三様の解釈に分かれている。

■新解釈の根拠

上２句の「玉衣の　さ藍さ謂沈み」は、衣を藍甕に沈めて染めることと、謂うことが言えず心に沈んでゆくことの、二つの「ゐ」を重ねて表現した、人麻呂の優れた技法である。

もちろん、詠いたいのは後者、「謂うことが沈む」であるが、その前に衣が藍甕に沈み青い落ち着いた色になる情景を、読者に思い浮かべさせると共に、美しい声調を醸し出している。

「さ藍」の「さ」、「さ謂」の「さ」のどちらも、語調を整える接頭語であるが、「さゐさゐ」は「再々」を響かせ、何度も何度も、衣を藍甕に沈めるように、言おうとして言葉が心に沈んでゆくことを、表している。

「謂」の意味は「人に向って話しかけること」、「沈」には、「水中に没する。」の意のほか、「気分がふさぐ。気分が浮かない。」(『新選古語辞典新版』)の意がある。

また、「藍」は、「ブルーになる」といわれる色である。

万葉の時代、旅は現代のように個人的な娯楽ではなく、心騒ぐものではない。万葉の時代、旅と言えば、官人は地方に赴任・視察にゆく公務であり、人民は遠地に軍役・賦役に徴用される課役の旅であった。

移動手段は主に歩行であるから、当時の旅は期間も長く、道中における疾病や事故の遭遇を思うと不安が大きく、出発の日が近づくにつれ、本人も家人も、淋しさと不安のため、心が沈み、言葉数も少なくなったことであろう。

したがって「さゐさゐ沈み」は、藍甕の藍汁に衣が何度も沈められ、衣が青色に濃く染まってゆくように、旅立ちの日が近づくにつれ自分の不安も色濃くなり沈んでゆき、妹と話すことも気がふさぐということである。

補注

この歌とほぼ同じ歌が東歌の「相聞」の中につぎのようにあり、「柿本朝臣人麻呂の歌集の中に出づ。」との左注がある。

3481　あり衣のさゑさゑ沈み家の妹に物言はず来にて思ひ苦しも

「さゑさゑ沈み」は、「さゐさゐ沈み」の訛りである。

　人麻呂の503番の美しい声調の歌が、東国の人々の心をとらえ、東国にも流布していたのであろう。

題詞に「草嬢歌」とあり、農業に従事している娘子の歌である。

新しい訓

> 　秋の田の　穂田の苅りばか　**か依り合はば**　そこもか人の
> 吾を言なさむ

新しい解釈

> 　秋の田の稲穂を分担して刈る作業中に、隣の男が私の刈りば
> **か分まで刈ってくれて進行を合わせてくれれば**、そんなことで
> も他人は、私を言いふらすのでしょうか。

■これまでの訓解に対する疑問点

　ほとんどの注釈書は、第2句の原文「穂田乃苅婆加」を「穂田の苅り
ばか」と訓み、何人かで稲の穂を刈るときの各人が刈る分担範囲とし、
続く原文「香縁相者」を「か寄り合はば」と訓み、そのうちの男女二人
が刈りばかで接近して寄り添うこと、と解釈している。

　しかし、隣接した刈りばかで、並行して稲の穂を刈り取ってゆけば、
隣の人と接近するのは普通の状態で、ただそのことだけを他人が何か言
うと詠うことはないと考える。

　この歌は、稲刈りの体験のない人には、訓解ができないだろうと思
う。

■新解釈の根拠

「香縁相者」の「縁相」は接近するの意の単なる「寄り合う」ではな
く、「依り合う」という意味に訓み、刈りばかが隣接している男が、娘
子の刈りばかの稲穂まで刈って、隣の娘子と進行を合わせることであ

る。

「依る」には「頼りにする。」「味方する。ひいきする。」「……にまかせる。」（『岩波古語辞典』）の意味がある。

　大勢の人が集まって稲穂を刈る共同作業は、各人が好きなように方々から刈るものではなく、決められた一方向から並列して刈ってゆくものである。したがって、稲を刈る人はほぼ横一列に寄り添って刈るもので、「か寄り合う」ことが、特別のことではない。

　しかし、各人の刈るスピードが同じではないので、やがて横一列の隊列が崩れがちになるが、この歌の場合、娘子の刈るスピードが遅く、列の隣の男性が、娘子の刈りばか分の稲を刈ってあげて、娘子が一人遅れないように、進行を合わせて刈っていたものであろう。

　他人が見れば、そのような状態の男女はお互いに気があるものと判断するので、噂になるのである。

「か依り合はば」の「か」は、強調の接頭語。

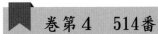

　阿倍女郎の歌である。このつぎの２首は、中臣朝臣東人と阿倍女郎の
贈答歌であるので、この歌のわが背子は、中臣東人であろう。

新しい訓

> 　我が背子が　着せる衣の　針目おちず　**入るるにけらし**　我
> が心さへ

新しい解釈

> 　わが背子が着ておられる衣のすべての針目に、それを縫った
> 私の心まで**移し籠めてしまったようだ。**

■これまでの訓解に対する疑問点
　第４句の原文「**入尓家良之**」を、「**入りにけらし**」と訓むと６字で字
足らずとなるので、原文には文字がないが、訓を添えあるいは脱字とし
て句末に「も」をつけて、「入りにけらしも」と訓むとするのが、これ
までの定訓である。
　もっとも、「入」を「コモレリ」と訓む古例があるとして、「こもりに
けらし」とする説もある。
　双方とも、疑問である。

■新訓解の根拠
「入る」には、自動詞４段活用の「いる」と、他動詞下２段活用の「い
る」がある。
　本歌の「入る」を他動詞として訓み、他動詞の「入る」は「外部から
内部へ移す。見える所から物陰にひっ込ませる。」の意があり、その連
体形は「入るる」である（『古語大辞典』）。

「入」のつぎの「尓」は格助詞の「に」で、体言または活用する語の連体形に接続するので、第4句は「入るるにけらし」と訓む。
　自分は背子の衣を縫うとき、針目のすべてに自分の心を入れた、すなわち自分の心まで縫いこんだという歌と解すべきである。
　阿倍女郎が自分で、中臣東人の衣を縫ったことは、同女のつぎの歌で分かる。

　　516　我が持てる三つあひに縒れる糸もちて付けてましもの今そ悔しき

大伴安麻呂の妻・石川郎女の歌である。

新しい訓（旧訓）

> 春日野の　山辺の道を　**寄そりなく**　通ひし君が　見えぬころかも

新しい解釈

> （人があまり通らない）春日野の山辺の道を、**二人の仲が噂にならないように**通ってきていたあなたが、お見えにならないこのごろであることよ（誰かに知られてしまったのかしら）。

■これまでの訓解に対する疑問点

　第3句の原文「与曾理無」の冒頭の文字は、紀州本、神宮文庫本、京都大学本は「与」で「ヨソリナク」の訓、西本願寺本、陽明本は「与」で「ヨソリ」とあるが、「与」の左に「ヲ」の書き添え、元暦校本は「於」で「於そりなく」の訓、類聚古集は「曾」の前に「オ」の文字はないが、前句の「乎」をうけて「ゝソリナク」の訓、さらには、金沢本は「与」であるが「於そりなく」、広瀬本は「与」であるが「ゝ」を消して「ヨソリナク」と、錯綜を極めている。

　近年の主な注釈書は、澤瀉久孝『萬葉集注釋』以外は、原文に「於」を採用し、「恐りなく」と訓んで、「春日野の山辺の道を恐れることなく通ってきた君」と解している。

　これに対して、『萬葉集注釋』は詳細な「本文批評」をした上で、「与曾理無」を原文として「よそりなく」と訓み、「ひたすらに通はれた君」と訳している。

　なお、前掲の「新しい訓」は、旧訓にあり、旧訓に戻すということで

ある。

■新訓解の根拠

　第3句の最初の文字が「於」であるか、「与」であるか、を考えるに、最も古い古写本の元暦校本だけが「於」であるが、**「於」は漢音で「ヨ」**（『学研漢和大字典』）であり、元暦校本の筆記者は「よ」に「於」の文字を用いていると考える。訓も「おそりなく」ではなく、「於そりなく」であり、**「於」を「よ」の仮名**として用いているものである。

　金沢本は、原文は「与」であり、訓は「於そりなく」であることは、「よそりなく」の「よ」の仮名に「於」を用いているのである。

　したがって、第3句は「寄そりなく」であり、「寄そる」は「関係があるといわれる。」（『古語大辞典』）の意があり、用例として、万葉集のつぎの歌にある。

　　1926　春山の馬酔木の花の悪しからぬ君にはしゑや寄そるともよし
　　3167　波の間ゆ雲居に見ゆる粟島の逢はぬものゆゑ我に寄そる子ら

　石川郎女のところに通っていた男は、山辺の道が怖いけれども通っていたのではなく、恋愛関係があると人に言われないように、人に遇わない山辺の道を通っていたものである。相手が山辺の道を怖くなってきたので、訪ねて来なくなったでは、歌にならない。

　また、相手の君である大伴の家は武門の誇り高い家で、山辺の道が恐ろしいと詠う筈がない。

「大伴郎女和歌４首」の後に「また、大伴坂上郎女歌１首」とある歌である。４首の左注に、郎女は最初、穂積皇子に嫁ぎ、同皇子が亡くなった後、藤原麻呂が娉す、郎女は坂上に住んでいたとの記載がある。

　この歌は、旋頭歌（５・７・７・５・７・７）である。

新しい訓

　　佐保川の　岸の阜の　**禁樹な刈りそ**　ありつつも　春し来たらば　立ち隠るがね

新しい解釈

　　佐保川の岸の小高い所にある、**禁樹を刈り取ってはいけない**、そのままにして、春になれば見張りが来たらその陰に隠れられるように。

■これまでの訓解に対する疑問点

　注釈書は、第３句の原文「**小歴木莫刈焉**」の「**小歴木**」を「**柴**（しば）」と訓んでいるが、その理由を、「歴木」は「櫟（くぬぎ）」のことで、義訓により「柴」と訓むとしており、不審である。

　春が来たらその柴に隠れて、麻呂と逢うためというが、二人はそんなところで逢うような年齢・身分の人たちではない。麻呂は黒馬（今でいえば、黒塗りの高級車）で来るような（525番歌）今を時めく朝廷の高官であり、郎女は皇子の元妻で、名家・大伴氏の家刀自である。注釈書の解釈は、およそ、あり得ないのである。

■新訓解の根拠

　「小歴木」の「小」は「さ」と訓む。1124番歌に「小礫千鳥」（さをど

るちどり）の例がある。

「歴」は「へ」と訓む。1044番歌に「年之歴去倍吉」（としのへぬべき）がある。

　よって「小歴木」を**さへき**と訓み**禁樹**のことで、「さまたげになる木」（『岩波古語辞典』）である。「禁樹」は45番歌に「禁樹押しなべ」とある。

　歌意は、「新しい解釈」のとおりであるが、この歌には寓意がある。

　作者・大伴坂上郎女は、この歌の当時、藤原麻呂の妻であったが、藤原4兄弟が権勢を持つようになり、末弟の麻呂が郎女を訪れなくなった。

　坂上郎女の、そんな麻呂を待つ歌が本歌の直前の4首にあり、さらに後の619番・620番は「怨恨歌」である。

　まず、本歌の用字を見ると、第2句の「岸の阜」の「つかさ」に「官」の字を用いているのは、高官である麻呂を意識してのこと、「禁樹」は「怨恨歌」では「人歟禁良武」（人か裂くらむ）と詠んでいる「禁」と同じ文字を用いて、藤原一族は末弟・麻呂が、皇親派の大伴一族の郎女をよばふことを禁じていると考えていること、さらに「春し来たらば」を「張之來者」と「春」に「張」を用いているのは、藤原側の見張りの意味を込めている。

　坂上郎女の家がある佐保川の向こうの岸の役所から、藤原麻呂が来るのを心待ちに外に出て待っている坂上郎女であるが、見張りがいたら隠れるために岸の禁樹を刈ってはならない、と詠っているもので、技巧を凝らして麻呂に対する女心を詠っている切ない歌である。

　この歌は「門部王恋歌1首」との題詞があり、つぎの左注がある。

　門部王が出雲守に任ぜられたときに、部内の娘子を娶った。しかし、幾時も経たないうちに通わなくなった。月を重ねた後、また愛情が起きた。そこでこの歌を作って、その娘子に贈ったという。

定訓

> 飫宇（おう）の海の　潮干の潟の　**かた思（も）ひに**　思ひや行かむ　道のながてを

新しい解釈

> 飫宇の海（島根県の「中海」のこと）の潟が、潮が引いた後に、**また現れるように、私の娘子に対する思いも、一時無くなっていたが、また現れた、**これからの二人の長い道を、この潟のように思って行こう。

■これまでの解釈に対する疑問点

　この歌の第3句の原文は「**片念尓**」であり、多くの注釈書は「片思に」と訓んでいるが、門部王が詠んでいる歌意は、「片思い」ではないと考える。

　飫宇の海の潟は、「片思い」の「片」を導き出す、序詞ではない。

■新解釈の根拠

　門部王は任地の名所である、飫宇の海の潟に擬えて、自分の恋を詠んでいるものである。

　潟は、潮に隠れても、潮が引けばまた現れる。中海は日本海に面した湾が砂州によって湖となったもので、潮による干満がある。

　門部王の娘子に対する思いも、一度は無くなったが、再び思いが起こってきた。これを飫宇の海の潟に擬えているのである。

　潟は、その存在が有るときと、無いときをいつまでも、繰り返すが、門部王の娘子に対する長い思いの道も、潟のように出没を繰り返してゆくだろうと詠んでいるものである。

　したがって、「飫宇の海の潟」は「片思い」の「片」を導く、序詞ではなく、再び蘇る恋を「潟思い」と詠んでいるのである。

　このように解釈して、はじめて左注の記載内容と一致するのであり、「片思い」の歌と解釈すると、左注の記載と結びつかない。

　万葉集の編纂者も、この歌の興趣をそこに認め、読者が「片念」を単なる「片恋」の「片思い」と誤解しないように、歌を詠んだ事情をわざわざ左注に記載しているのである。

この歌は、「高田女王が今城王に贈る歌6首」のうちの、最初の歌。

新しい訓

言清く　いたもな言ひそ　一日だに　君いしなくは　**あへか
たきとも**

新しい解釈

（心にもない）奇麗事をはっきりと言うものではありません。
「一日でも君がいないと**堪え難い**」などと言うことも。

■これまでの訓解に対する疑問点
　多くの注釈書は、この歌の結句にある原文「取物」が訓めないとし
て、「取」は「敢」の誤字として、つぎのように訓んでいる。

　あへかたきかも
　　　『日本古典文学全集』、『新潮日本古典集成』、『新編日本古典文
　　　学全集』、『新日本古典文学大系』、伊藤博訳注『新版万葉集』
　　　および『岩波文庫　万葉集』
　たへがたきかも
　　　『日本古典文學大系』、澤瀉久孝『萬葉集注釋』および中西進
　　　『万葉集全訳注原文付』

「あへかたきかも」と「たへがたきかも」の違いは、「たへがたし」の
詞が万葉の時代に存在したかどうか、の見解の相違による。

■新訓解の根拠

　私は、「取物」を「とも」と訓むべきと考える。「取」の正訓は「とる」であるから「と」、「物」の正訓は「もの」であるから「も」と、それぞれ正訓の一部を用いた略訓である。

「物」を「も」と訓む例は、1764番歌「雨不落等物」（雨降らずとも）にあり、「取」を「と」と訓む例は万葉集においては他にないが、「と」と訓まれている孤例の仮名字として、「澄」（160番）、「礪」（3231番）がある。

「とも」の語義は、引用の「と」である格助詞に、詠嘆の係助詞「も」が付いたものである。

　一首の歌意は、「（心にもないのに）奇麗事をはっきりと言うものではありません。『一日でも君がいないと堪え難い』などと言うことも」となる。

　これに対して、定訓によると、一首の歌意はつぎのとおりである。
「そんなにきっぱりと　むごく言わないでください　一日でも　あなたがいないとたまらないのです」（前掲『日本古典文学全集』の訳）

　もちろん注釈書によって訳は若干異なるが、下線を引いた上記箇所、すなわち「一日でも　あなたがいないとたまらない」との歌句を作者の高田女王の気持ちとして解釈している点は共通している。私の新訓解では「一日でも君がいないと堪え難い」と言ったのは今城王であり、定訓の解釈とそこが大きく異なる。

　高田女王と今城王の恋愛関係において、本歌以外の下記5首にも、高田女王が今城王の言行を詰っている歌が多く、本歌もそのような歌と解する。

538　人言を繁み言痛み逢はずありき心あるごとな思ひ我が背子
539　我が背子し遂げむと言はば人言は繁くありとも出でて逢はましを
540　我が背子にまたは逢はじかと思へばか今朝の別れのすべなかりつる
541　この世には人言繁し来む世にも逢はむ我が背子今ならずとも
542　常やまず通ひし君が使ひ来ず今は逢はじとたゆたひぬらし

また、注釈書は、最末尾の「取物」を前掲のように誤字説により「かも」と訓んで、前掲古典集成および伊藤訳注は「ですよ」と訳しているが、他は「堪え難い思いです。」などと言い切りの訳である。

　「かも」の意である「詠嘆」「疑問」「反語」「願望」のいずれの意をも、訳文に反映させていない。それは、「かも」と訓むことが正しくない証左である。

　724年10月、天皇の紀伊の国行幸に従駕した夫を、追って行こうとする娘子を詠んだ、笠金村の長歌である。

新しい訓

> （長歌の部分）
>
> 　にきびにし　我れは思はず　草枕　旅を宜しと　思ひつつ
> 君はあらむと　**よしそそにや**　かつは知れども　しかすがに
> 黙もえあらねば

新しい解釈

> 　慣れ親しんだ私のことは思わず、〈草枕〉旅はよいものだと思い続けている君だろうと、（後を追って行って）**たとい垣間見ることになるだろうか**、かつ知ることになってもかまわない、やはりどうしてもこのまま黙っていられないので、

■これまでの訓解に対する疑問点

　ほぼすべての注釈書は、原文「**安蘇蘇二破**」を「あそそには」と訓んで、語義は不明ながら「薄々は」の意であろうとしている。
『古語大辞典』は、本歌を掲記したあと 語誌 において、「文脈から、うすうすの意に解されるが、孤例で語義未詳。あさあさ（浅々）の転で、『あさあさ』→『あささ』→『あそそ』と変化したか。」と解説している。

■新訓解の根拠

「**安蘇蘇二破**」の「**蘇蘇**」は「**ソソ**」と訓み、「間が透けて見えるさま。」と『学研漢和大字典』にある。

「**安**」は『類聚名義抄』に「**ヨシ**」の訓があるので「よし」と訓んで、「たとい……でも（かまわない）。」（『岩波古語辞典』）の意。

「二破」は「にや」と訓んで、「に（で）〜（だろう）か。」（『古語林』）の意。「破」を「や」と訓む例は、3880番歌「都追伎破夫利」（つつきやぶり）にある。

したがって、「安蘇蘇二破」は「**よしそそにや**」と訓み、「**たとい（夫の好ましくない行動を）垣間見ることになるだろうか（かまわない）**」と解釈できる。

公務で旅に出た夫の後を追ってまで、夫の行動をなんでも知りたいという、こんな娘子が、昔から居たのであろうか。題詞によると、男に贈ろうと娘子に頼まれて、金村が作ったとあるが、金村のフィクションであろう。

旅に出たからといって、妻が追っかけてくるかも知れないから、はめを外すなとの、宮廷歌人・笠金村の忠告めいた戯歌だと思う。

725年３月「三香原離宮に幸（みゆき）したとき、娘子を得て作りし歌」との題詞がある笠金村の長歌。

新しい訓

> （長歌の部分）
> 己妻（おのつま）と　頼める今夜（こよひ）　秋の夜の　百夜（ももよ）の長さ　**有れと寝（ぬ）るかも**

新しい解釈

> 　自分の妻と信じて床を共にすることができる今夜は、秋の夜が百夜も続く長い夜で**あれ、と思い共寝することだ**なあ。

■ これまでの訓解に対する疑問点

　結句の原文は「**有與宿鴨**」であるが、定訓は「ありこせぬかも」と、「**與**」を「**こせ**」と訓んでいるものである。なお、「與」は「与」の表記のことも多い。

　澤瀉久孝『萬葉集注釋』は、「与」は賀茂真淵『萬葉考』に「乞」の誤りとしたが、「與」は「乞」（615、その他）と通用してコセ、コス、コソとも訓まれたものと認められるというが、両説とも措信し難い。

　また、『新編日本古典文学全集』は「コセ」は補助動詞「コス」の未然形で「～してくれる、の意」とする。

　そして「宿鴨」の「宿」を「ぬ」と訓み、「ヌカ（モ）」は希求の意と解している。

　しかし、他に誂え望む意の「こせ」、希求の意の「ぬかも」、と同じ意の詞を重ねて訓む必要性はない。

　『岩波文庫　万葉集』の訳文は、「我が妻として頼りきっている今夜は、

31

秋の長夜の百夜分の長さがあってくれないものか。」である。

■ 新訓解の根拠
「與」は「と」と訓む。13番歌「耳梨與」（耳成と）、14番歌「高山與」
（香具山と）など、万葉集には多数の例がある。
　本歌の「と」は、引用の格助詞である。
「有」は「有る」の命令形「有れ」と訓む。
「宿」を、「ぬる」すなわち「寝る」の意の「ぬる」と訓む。この歌に
おいては「宿」は「ぬ」ではなく、正訓の「ぬる」と訓むべきである。
1631番歌「宿之苦左」（ぬるがくるしさ）に例がある。
「與」を、定訓が「こそ」と訓んでいるが、本歌と同じように「と」と
訓むべき歌が、つぎの2首にある。

　　2000番（「妹告與具」）
　　　定訓　　　　秋立つ待つと　**妹に告げこそ**
　　　新しい訓　　秋立つ待つと　**妹に告げとそ**
　　3254番（「眞福在與具」）
　　　定訓　　　　言霊の　たすくる国ぞ　**真幸くありこそ**
　　　新しい訓　　言霊の　たすくる国ぞ　**真幸くありとそ**

　この2首については、それぞれの歌番で解説するが、2000番歌およ
び3254番歌の「與」が「こそ」と訓めるのであれば、なぜ「與」の後
に「具」の表記が必要なのか疑問である。

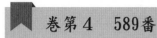

この歌は、笠女郎が大伴家持に贈った恋歌24首のうちの一首。

定訓

> **衣手を　うち廻の里に　ある我れを　知らにぞ人は　待てど**
> **来ずける**

新しい解釈

> 　**家持のことを思いながら、衣を打っている音が家持に聞こえ**
> **るほどの、ちょっと曲がったところ（里）に住んでいる私（笠**
> **女郎）を、その音が聞こえないとばかりに、待っていても逢い**
> **に来ないことよ。**

■これまでの解釈に対する疑問点

「**うち廻の里**」に対する各注釈書の説明は、「雷丘」「雷崗」「飛鳥川」「明日香川」などの地名を挙げるものが多いが、平城京に住んでいる家持と笠女郎の歌に、どうしてこれらの地名がでてくるのか、全く不審である。

　まさか、笠女郎の出身地が明日香であるので、奈良の家持に訪ねて来い、との歌でもあるまい。

　もっとも、固有名詞とするもののほか、「すぐそばの意をにおわせている。」（『新潮日本古典集成』）、「すぐそばにいる意をこめる。」（伊藤博訳注『新版万葉集』）とするものがある。

　この歌の解釈は、澤瀉久孝『萬葉集注釋』によれば、「打廻の里にゐる私を御存知なくてあの方は待つてもいらつしやらないのね。」で、他の注釈書もほぼ同じで、「衣手を」について、何らの解釈をしていない。『岩波文庫　万葉集』は、「打廻」の枕詞とする。

■新解釈の根拠

「打」の「うち」は接頭語で「ちょっと」の意、「うち廻」は「うち廻
る」の名詞形で、笠女郎が居る場所は、家持の居る場所からちょっと
廻った近いところの里である、と詠んでいるものである。

　家持は奈良の都の佐保に住んでおり、笠女郎も593番歌「平城山の
小松が下に」、597番歌「石走の　間近き君に」と詠んでおり、家持の
住んでいる所から近い場所に住んでおり、明日香村の雷丘や、明日香川
のような遠い場所にいると詠んでいるのではない。

　また、「衣手を」は「打廻」の枕詞ではなく、衣を砧で打つことの
「打つ」から「うち廻」の「うち」を導いている序詞である。

　すなわち、衣手を打つ音が聞こえるくらい近いところ（里）と詠って
いるものである。

　衣手を打つ音は、恋しい人に呼び掛けているように聞こえ、平安時代
になると、衣を打つ音を詠んだ歌が、つぎのほか多数ある。

　　　からころも打つこゑ聞けば月きよみまだ寝ぬ人をそらに知るかな
　　　　　　　　　　　　　　　（和漢朗詠集　上　351番　紀　貫之）
　　　小夜ふけて衣しで打つ声聞けば急がぬ人も寝られざりけれ
　　　　　　　　　　　　　　　（後拾遺集　秋下　336番　伊勢大輔）

　本歌は、笠女郎は家持を思い、衣を打っている音が家持に聞こえるほ
どの近くのところにいるのに、家持は知らないとばかりに、待っている
が来てくれない、と詠っているものである。

　本歌は、衣を打つ音を詠う歌の先駆である、と評価できる。

この歌も、笠女郎が大伴家持に贈った、24首のうちの一首。

定訓

闇の夜に　鳴くなる鶴の　外(よそ)のみに　聞きつつかあらむ　逢ふとはなしに

新しい解釈

夜の闇の中で、鶴の雄と雌が求め合って鳴いている声を、**自分には関係のないことと**家持は思い聞きながらいるのであろうか、逢おうともしないで。

■これまでの解釈に対する疑問点

『日本古典文學大系』は、「闇の夜に遠く聞える鶴の声のように、あなたの声を遠く聞くばかりでいることでしょうか。逢うことはなくて」と訳している。他の注釈書も、ほぼ同じである。

すなわち、「**外のみに**」を「**遠く**」と解釈しているが、疑問がある。

■新解釈の根拠

鶴の鳴き声を詠った歌に、つぎの歌がある。

961　湯の原に鳴く葦鶴は我がごとく妹に恋ふれや時わかず鳴く

2805　伊勢の海ゆ鳴き来る鶴の音とろも君が聞こさば我れ恋ひめやも

4018　港風寒く吹くらし奈呉の江に妻呼び交し鶴多(さは)に鳴く

これらの歌の背景には、鶴は夫婦仲が良く、雄はその妻を求めて鳴

く、妻の雌はそれに応えて鳴く、との万葉人の通念があったものである。

　また、「鶴の」の「の」は、『もっと味わい深い　万葉集の新解釈Ⅰ』（以降「Ⅰ」とする）でも述べたが、対象を示す格助詞である。「を」と訳する。

　第4句までは、笠女郎の気持ちではなく、家持の気持ちを問いかけているのである。「かあらむ」の「か」は反語の係助詞で、「問いかけの形で表現し、その反対の結論を強める言い方にする。」（『古語林』）である。

　多くの注釈書は「外のみに聞きつつ」を「遠くに聞く」と解し、「闇の夜に鳴くなる鶴」の声を「遠くに聞く」ものの比喩とし、あるいは序と解釈している。「よそ（他所）」には、「遠い」という意はない。「外のみ」は「**自分には関係ない**」の意であり、すなわち、家持が鶴の求愛の鳴き声を自分に関係ないものと聞いているだろう、の意である。「外」を「よそ」と訓み、「無関係なさま」に詠んだ、つぎの歌がある。

　　174　外に見し檀の岡も君座さば常つ御門と侍宿するかも

　なお、本歌の原文は「外耳」であり、174番歌は「外尓見之」である。

　笠女郎は僻みっぽい女性であったようであるが、家持も笠女郎に冷淡であったようで、24首の中には笠女郎が僻み、家持を詰る歌が多く、この歌も、その一つである。

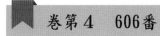
さらに、笠女郎が大伴家持に贈った24首の歌の一首である。

新しい訓

> われも思ふ　人もな忘れ　**おほなりに**　浦吹く風の　止む時
> なかり

新しい解釈

> 私もあなたのことを思っています、あなたも私を忘れない
> で。**あなたが、私のことを心に留めてくれていないとの思い
> が**、風となって私の心を吹きぬけ、止む時はありません。

■これまでの訓解に対する疑問

　第3句の原文は、平安時代の元暦校本では明らかに「**多奈利丹**」と表
記されており、「おほなりに」と訓が付されているが、「利」の仮名の横
に「ハ」と書き添えられ、さらに漢字の「利」の横に小さく「和」と書
き添えられている。

　仮名書道を学んだ人は分かるが、「り」の仮名と「わ」の仮名がほぼ
同じ「わ」の字形であるため、これを「わ」の仮名と誤解し（ただし、
添え書きは「ハ」）、かつ漢字の「利」も「和」に似ているため「和」と
誤解され、添え書きされたものと考えられる。

　そして、それ以降の時代の写本は、すべて「利」に当たる漢字は
「和」と表記されるようになったが、訓は「ワ」と「ハ」に分かれてい
る。

　従来の定訓は、「和」と「ワ」の表記のある写本を採用して、「おほな
わに」と訓んでいるものである。

　注釈書も「おほなわに」と訓んで語義未詳とするものが多く、澤瀉久

37

孝『萬葉集注釋』は、原文を「多奈乃和乃」と変更した上で「タナノワ
ノ」と訓み、和泉の国の淡輪（たんのわ）の地名であろうとしている。

　しかし、私は本歌の原文は元暦校本の「利」が正しく、「り」と訓む
べきと考える。

■ 新訓解の根拠

　私は、**「多奈利丹」**を原文として、「おほなりに」と訓む。
『古語大辞典』によれば、「おほ」には対象を普通・平凡と見なす状態
表現と、そう見なすが故に、対象に特別な関心・注意を向けない情意表
現とがある（[藤本二朗]）とし、後者として「心にも留めないさま。い
いかげんだ。おろそかだ。」が掲記されている。

　笠女郎は、自分の求愛に関心を向けない家持の状態を「おほ」と詠っ
たと考える。「なり」は有り様、様子で、さらに状態を示す格助詞「に」
が添えられたもの。

　すなわち、「おほなりに」は家持の笠女郎に対する様子がそうだとい
うもの。

　また、結句の「無有」を定訓は「なかれ」と訓んでいるが、「なかり」
と訓むべきである。「なくあり」の約音。
「無有」を「なかり」と訓む例は、387番、404番、540番、1857番にあ
る。
「浦吹く風」の「浦」（うら）は「心」で、「風」は「心に襲いかかる思
い」を表現している。自分の心情を直接的に詠うのではなく「浦吹く
風」と表現しているところに、笠女郎の歌才が光る。

　冷たい家持に対し、笠女郎が切ない気持ちを精いっぱい詠っている歌
であるが、笠女郎の歌才を認めざるを得なかった家持が、笠女郎を疎ん
じる結果ともなっていたと考える。

この歌は、笠女郎が大伴家持に贈る歌24首のうちの、「相別れて後に、さらに来贈る。」との左注があるつぎの2首に対し、家持が和えた歌。

609　心ゆも我は思はずきまたさらに我が故郷に帰り来むとは
610　近くあれば見ねどもあるをいや遠く君がいまさば有りかつましじ

定訓

　今さらに　妹に逢はめやと　思へかも　ここだ我が胸　いぶせくあるらむ

新しい解釈

　別れた後の今になって、**自分はあなた（笠女郎）に逢うだろうか、逢おうと思うだろうか、それ故に、そんなことを思うだけで**、自分の心はこんなにひどく塞がるのだろう。

■これまでの解釈に対する疑問

　一連の歌により、笠女郎は家持に対し真摯に熱烈に恋をしていたことが窺えるが、一方の家持は笠女郎の恋に十分応えていなかったことは、同女のつぎの歌で分かる。

608　相思はぬ人を思ふは大寺の餓鬼の後方に額つくごとし

　笠女郎は、この歌を詠んで報われない恋に見切りをつけ、都を離れ、故郷に帰ったが、未練抑え難く、家持に贈ったのが上掲2首である。

これら笠女郎の歌に対して、家持は本歌とつぎの歌の2首により応えた。

　　　612　なかなかに黙（もだ）もあらましを何すとか相見そめけむ遂げざらまくに

　多くの注釈書はいずれも、第2句の「逢はめやと」の「め」について、「め」を推量の助動詞「む」の已然形と解釈して、「逢えないだろうと」あるいは「逢える機会がなかろうと」との意に訳している。
　すなわち、家持が逢えないだろうと推量するから、家持の心が晴れないと、解釈している。
　しかし、私は「め」は推量ではなく、「意志」の「め」と考える。
　なお、中西進『万葉集全訳注原文付』は、「めや」については「もうふたたびはあなたにお逢いすまいと思うから」と「強い否定をともなう疑問」と解釈している。

■新解釈の根拠
1　「む」の主語が明らかに家持であり、一人称であるので、意志の助動詞「む」と解して「逢おうとするだろうか」との意に訳すべきである。「や」は反語の意の助詞。
　　それは、この句の前の「今さらに」は、家持が笠女郎との関係継続を望まず、それを笠女郎も受け容れ、二人が別れた今さらに、すなわち「今となって」という家持の拒否の意志が込められている、と考えるからである。
　　第3句の「思へかも」の「かも」について、詠嘆、疑問、反語の意があることは、どの古語辞典にも掲載されている。
　　その接続については、体言・活用語の連体形に付くとされているが、反語の意を示す場合は已然形に付くことがあるという（『古語林』、『旺文社古語辞典新版』）。
　　これを已然形に接続している本歌の「思へかも」に適用すると、「思うだろうか、いや思わない」との意となり、ここでも強く否定している。

　　すなわち、「逢はめやと　思へかも」は、「や」と「かも」の二つの
反語を重ねて、逢おうとするだろうか、いやしない、また、そんなこ
とを思うことがあろうか、いや思うことはない、と逢うことも、思う
ことも否定して、万が一にも逢うことはあり得ないと詠っているもの
である。

2　これまでの注釈書は、前述のように家持が笠女郎に逢えないこと
　　が、家持の気持ちを「いぶせく」させると解釈しているが、私は、別
　　れた後の今になって、自分が笠女郎と逢おうと思うだろうか、決して
　　思わない、それ故にそんなことを思うだけで自分の心はこんなにひど
　　く塞がるのだろう、と詠んだ歌と解する。

　　　家持が笠女郎に逢えないことが、家持の気持ちを「いぶせく」させ
　　るとの解釈によれば、家持はまだ笠女郎に愛情を示した歌となるが、
　　私の解釈は正反対で、家持は609番および610番の歌により、笠女郎
　　がまだ自分に対し未練があることを感じ取り、笠女郎の未練を断ち切
　　るために、冷淡に詠んだ歌と考える。

　　　もう一首の612番歌に至っては、家持は笠女郎との恋の馴れ初めか
　　ら、完全に否定している。

　　　大方の注釈書は、家持に対し好意的な見方をすることによって、家
　　持の真意と異なる歌の解釈をしている。

　　　その意味で、題詞「大伴宿祢家持和歌2首」の「和」を、『岩波文
　　庫　万葉集』が『和へし』ではなく、「和せし」としていることにも
　　疑問がある。

娘子が、佐伯赤麻呂に報えて贈った歌である。

新しい訓

> わが手本_{たもと}　巻かむと思はむ_も　大夫_{ますらを}は　**をち水為集_{しつ}めよ**　白髪
> 生ひにたり

新しい解釈

> 私の手枕を欲しいと思う殿御は、**若返りの水を取り集めなさ
> い**、手枕をしている頭に白髪が生えていますよ。

■ これまでの訓解に対する疑問

　第4句の原文「**變水定**」の「變」は、元暦校本以外の諸古写本は
「戀」または「恋」である。

　また、「定」に対する訓として、広瀬本は「シズミ」、神宮文庫本、西
本願寺本、京都大学本、陽明本に「シツミ」とある。

　現代の注釈書は「變水」を「若返りの水」の意の「**をち水**」と訓み、
「定」を『日本古典文學大系』の説により「**求**」の**誤字**として、「**求め**」
と訓んでいる。

　結句「白髪生ひにたり」の主体を歌の中の「大夫」とするのが大勢で
あるが、歌の作者である娘子と見る説（澤瀉久孝『萬葉集注釋』）もあ
る。

■ 新訓解の根拠

「**變水**」は、定訓のように「をち水」と訓み「若返りの水」の意に解す
るが、「**定**」は「**求**」の誤字ではなく、「**為集む**」の命令形「**為集めよ**」
と訓み「し集める。取り集める。」の意（『古語大辞典』）である。

『類聚名義抄』（法下　52）に「定」の訓として「シツム」が挙げられており、また、前記のとおり一部の古写本にもその訓が見られる。

　この歌と、つぎの628番歌は、娘子と佐伯赤麻呂が詠った掛け合いの歌であるから、この歌は娘子が中年の赤麻呂をからかった歌とみられる。

　したがって、「白髪生ひにたり」の主体は赤麻呂と考える。

　歌の内容も、娘子の手を枕にしたいと思う男は、の意であるから、娘子が手枕して見えるのは男の頭の髪である。

　第4句は8字であるが、ヤ行音（「よ」）の前にeの音節（「め」）がある字余りの法則（佐竹昭広氏が提唱）に該当するので、字余りが許容される。

大伴四綱の宴席の歌。

新しい訓

> **如何にしか**　使の来つる　君をこそ　かにもかくにも　待ちかてにすれ

新しい解釈

> **一体全体どうして**、使いが来たのか、君自身が来ることを、とにもかくにも待ちきれなく、思っていたのだ。

■これまでの訓解に対する疑問点

　初句の原文「**奈何鹿**」の訓について、澤瀉久孝『萬葉集注釋』によれば、旧訓「ナニシニカ」を賀茂真淵『萬葉考』が「ナニストカ」と改めたとある。そして、612番歌「何為跡香」を「ナニストカ」と訓むのと同じとする。

　しかし、原文の文字は「何」以外全く異なり、「奈何鹿」を「何すとか」と訓む理由にはならない。

　また、730番歌にも「何すとか」と詠まれているが、原文は「何如為常香」である。

「何すとか」と訓まれるこれら2首では「と」と訓んでいる「跡」「常」の表記が本歌にはないことは、決定的な相違である。

　これを無視している定訓は、真淵による強引な訓解の典型例といえる。

■新訓解の根拠

「奈何」を「いかに（如何に）」と訓み、「鹿」は「しか」と訓んで、

「**如何にしか**」である。

『古語大辞典』に「いかに【如何に・奈何に】」との「見出し語」があり、『学研漢和大字典』は、「【奈何】いかん」とあって「疑問・反問の意をあらわすことば。どうして。なぜ」の意としている。

　本歌の3首後の632番歌に「奈何責」（いかに責む）の例がある。

「しか」は、『古語大辞典』によれば、「《副助詞『し』＋係助詞『か』》疑問語に付いて、疑問の意を強める。」とある。

　万葉歌の例として、3962番歌「何時しかと　嘆かすらむぞ」を掲げている。

　したがって、本歌の「いかに」は「どうして」をさらに強めた表現で、「一体全体どうして」の意に解する。

佐伯赤麻呂の歌。

新しい訓

> 初花の　**散らせむものを**　人言の　繁きによりて　よどむこ
> ろかも

新しい解釈

> 初花のようにやっと一人前の女性となったばかりのあの娘
> を、**自分と関係させようとしているのだが、**人の噂がうるさい
> ので、今はためらっていることだなあ。

■これまでの訓解に対する疑問点

多くの注釈書は、第2句の原文「**可散物乎**」の「**可**」を安易に「**べ
き**」と訓み、第2句を「**散るべきものを**」と訓んでいるため、一首の歌
意が不自然となっていると思う。

注釈書の上2句の訳文、それに対する私の批判は、つぎのとおり。

『日本古典文學大系』
　　「初めて咲いた花のように、きっと散るにちがいないのだが」
　　（花はすべて散るもので、初めて咲いた花だけが散るものでは
　　ない）
『日本古典文学全集』
　　「初花のように　触れなば落ちん風情だが」
　　（末花は触れなば落ちん風情といえるが、初花はそうではない）
澤瀉久孝『萬葉集注釋』
　　「初花の散りさうになつてゐるものを」

　　　（「散るべき」の訓から「散りさうになつてゐる」の解釈には無
　　　理がある）
　　『新潮日本古典集成』
　　　「初花が散るように、あなたのような若い女はすぐ人妻となり
　　　そうで気が気ではないけれど」
　　　（「散るべきもの」より「人妻となりそうで気が気ではない」の
　　　訳文を引き出すのは、行き過ぎ）
　　『新日本古典文学大系』
　　　「初花のように散りやすいものなのに」
　　　（初花が散りやすいという常識はない）

『新編日本古典文学全集』は『日本古典文学全集』と同じ。
　中西進『万葉集全訳注原文付』は『萬葉集注釋』とほぼ同じ。
　伊藤博訳注『新版万葉集』は『新潮日本古典集成』とほぼ同じ。
『岩波文庫　万葉集』は『新日本古典文学大系』と同じ。

■新訓解の根拠
　助動詞「べし」の意味について、『古語大辞典』の 語誌 は、「重要な
ことは、大きく推量や決意・意志など表現主体の情意の表現と、当然・
可能・義務など客体的な表現にあずかるものとに二分されることであ
る。」とする。
「可」の訓の一つとして、『類聚名義抄』(佛上　76) に「**セム**」がある。
　そこで、**可散物乎**を**散らせむものを**と訓む。「せ」は使役の助
動詞「す」の未然形、「む」は意志の助動詞「む」の連体形である。
「初花」は「処女」のことで、「初花の散らせむ」は「処女を関係させ
る」ことの譬喩。
　また、「初花の」の「の」は対象を示す「の」で、多くの注釈書が解
釈している譬喩の「の」ではない。
「ものを」は、逆接の確定条件の接続助詞。
　したがって、「初花の　散らせむものを」は、赤麻呂が処女を自分と
関係させようとしているけれども、の意と解する。

巻第4　635番

　湯原王と娘子の贈答歌12首の中の、湯原王の歌である。この歌の前には娘子の、つぎの歌がある。

　　634　家にして見れど飽かぬを草枕旅にも妻とあるがともしさ

新しい訓

　草枕　旅には妻は　率（ゐ）たれども　くしげの内の　玉こそ思ほせ

新しい解釈

　〈草枕〉旅にも妻を連れて来たけれども、あなたは大切な櫛箱の中にしまっている、**玉とお思いになってくださいね。**

■これまでの訓解に対する疑問点

　結句「**珠社所念**」の訓について、注釈書はつぎのように訓が分かれている。

　　①「珠をこそ思へ」　　『日本古典文學大系』、中西進『万葉集全訳注原文付』
　　②「玉をこそ思へ」　　『新潮日本古典集成』、伊藤博訳注『新版万葉集』

　　　　　　　　　　　　　①も②も、「所念」の「所」を訓まないで、「を」を訓添している。
　　③「玉こそ思ほゆれ」　『日本古典文学全集』、『新編日本古典文学全集』、『新日本古典文学大系』、『岩波文庫　万葉集』

48

　　　　　　　　9字の字余りである。
　④「珠とこそ見れ」　　澤瀉久孝『萬葉集注釋』
　　　　　　　　紀州本に唯一ある「所見」の表記によって
　　　　　　　訓むもの。また、「と」を訓添している。

■新訓解の根拠
「**珠社所念**」を「玉こそ思ほせ」と訓む。8字であるが、句中に単独母
音「お」が入っているので許容される。
「**思ほせ**」は、「動詞『おもふ』の未然形『おもは』に上代の尊敬語の
助動詞『す』の付いた『おもはす』の転」（『古語大辞典』）の、「思ほ
す」の命令形である。
「所念」を「おもほす」の連用形「おもほし」と訓んでいる例は、199
番歌「吾大王之　萬代跡　所念食而」（わが大君の　よろずよと　おも
ほしめして）にある。
「所」を「せ」と訓むことは、「所為」を「せい」と訓むことにある。
「思ほせ」は「お思いになってね」の意。

　湯原王と娘子の贈答歌12首の中の、湯原王の歌である。この歌の前には、娘子が「言問はずとも」と、湯原王が訪れて来ないことを詠んだ、つぎの歌がある。

　　637　わが背子が形見の衣妻問ひにわが身は離けじ言問はずとも

新しい訓

　　ただ一夜　隔てしからに　あらたまの　月か経ぬると　**心に障はる**

新しい解釈

　　私（湯原王）は、たった一夜逢いに行けなかったことでも、〈あらたまの〉１カ月も経ったのかと、**不本意に思っている。**

■これまでの訓解に対する疑問点
　結句の原文「**心遮**」の「**遮**」を、何と訓むかが問題である。「**心まとひぬ**」と訓む定訓をとる注釈書は、つぎのように解釈している。

　　『日本古典文學大系』　　　「心が乱れる」
　　『日本古典文学全集』　　　「心は千々に乱れる」
　　澤瀉久孝『萬葉集注釋』　　「心惑ふことよ」
　　『新潮日本古典集成』　　　「狂おしい気持になりました」
　　『新編日本古典文学全集』　「心は千々に乱れます」
　　『新日本古典文学大系』　　「心乱れました」
　　伊藤博訳注『新版万葉集』　「心は千々に乱れてしまいました」

『岩波文庫　万葉集』　　　「心乱れました」

　しかし、この歌は、湯原王と娘子の一連の贈答歌の中の一首で、「湯原王、また贈る歌一首」と題詞のある歌である。

　この当時、男（湯原王）がその意思で女（娘子）のところに逢いに行くのであるから、娘子がたった一夜でも逢いに来なかった湯原王に対して贈った歌であれば、「心乱れる」「心惑ふ」と詠うことはありえるが、この歌は、逢いに行かなかった、あるいは逢いに行けなかった湯原王が詠った歌であるから、「心乱れる」「心惑ふ」と詠うことはありえない。

　すなわち、定訓および上掲の解釈は、歌の状況把握が欠落している。

　この点、中西進『万葉集全訳注原文付』は、「心いぶせし」と訓み、「心はなごみません」と解釈しており、湯原王の歌であることの状況把握はできている。

■新訓釈の根拠

『類聚名義抄』によれば「遮」に対して、「サイキル」「サマタク」「サハル」などの訓があるので、本歌の**「心遮」**を**「心にさはる」**と訓む。

「さはる」は「障る」で、「心に障る」は「心にひっかかる」ことで、「自分の本意ではない」ことである。

　すなわち、湯原王は、たった一夜逢いに行けなかったことでも、１カ月も経ったかのように思い、自分は不本意に思っている、と詠っているものである。

　そしてこの歌に対し、つぎの歌（639番）では、娘子は湯原王の気持ちを嬉しく思い、「我が背子が　かく恋ふれこそ」と返歌しているのである。

これは、湯原王と娘子の贈答歌12首の中の、湯原王のつぎの歌に対して、娘子が報えて贈った歌である。

　640　はしけやし間近き里を雲居にや恋ひつつをらむ月も経なくに

新しい訓

> 絶ゆと言はば　わびしみせむと　焼太刀の　隔（へだ）つふことは
> よしや吾（わ）が君

新しい解釈

> はっきり私と交際を絶つと言葉にすれば、私ががっかりする
> だろうと、逢わずに私を〈焼太刀の〉**隔て続けていることは、**
> **私の意にかなうことでしょうか（我慢ができません）、あなた。**

■これまでの訓解に対する疑問点

　第4句の原文「隔付經」を「へつかふ」と訓む定訓の多くの論者は、1402番歌において「邊著經時尓」を「辺付かふときに」と訓んでいる例を掲げ、そばに寄りつく、周辺にいつもつき従うの意であると解している。

　澤瀉久孝『萬葉集注釋』は「信實で無く身に寄り添ふやうにする意」という。

　しかし、本歌の場合、「へ」に正反対の「隔」の文字を当てており、そばに寄り添う意の用字としては不自然で、隔たった状態を続ける意であろう。

　また、「焼太刀の」の枕詞は、普通の「太刀」であれば、身に添う、そばに寄りつくの意に相応しいが、「焼太刀」とわざわざ言うこともな

い。

　むしろ、「焼太刀」は鋭く、切り放つことから、断つ、隔つの意を連想させる。

　さらに、定訓は結句の原文「**幸也**」を「幸くや」と訓んでいるが、『日本古典文学全集』は「ただし、サキクの例は、元気で、無事での意(30)で、この場合ぴったりしない。」と指摘している。

　なお、『新日本古典文学大系』および『岩波文庫　万葉集』は、「幸」を「辛」の誤字とする加藤千蔭『萬葉集略解』（本居宣長説を引用）に従い、「からしや」と訓んでいる。

■新解釈の根拠

「**隔付經**」は「隔つふ」と訓む。

「へだつ」の活用語尾「つ」を、「付」と表記しているもの。

「隔つふ」の「ふ」は、動作の反復・継続する意を表す助動詞「ふ」。

　同「ふ」は4段活用の動詞の未然形に付くことになっているが、59番歌の「流經」は「流らふる」と訓まれており、前掲澤瀉注釋が指摘するように「本來の動詞の語尾にない『流ら』といふ形につづく事になつてゐる」ことが注目される。

「流る」は下2段活用で、「流ら」の語尾は存在しないが、「流らふ」はあるのである。

　このように継続の助動詞「ふ」は、4段活用の未然形に付くと言われているが、それだけでは説明できない用例がある。

　したがって、本歌において、「隔つ」に継続の助動詞「ふ」が付くとすると、未然形の「隔たふ」となるが、「隔」のつぎに「付」の文字があるので、「隔つふ」との接続も考えられないことはない。あるいは「隔たふ」が「隔つふ」と「た」が「つ」に音転した例とも考えられるものである。

　つぎに、「幸也」は「よしや」と訓む。紀州本、神宮文庫本、西本願寺本、京都大学本、陽明本および寛永版本は「よしや」と訓んでいる。

「よし」は、「主観的または倫理的に受容できる状態を表す。」の意で「意にかなうさま。こころよい。」（『古語大辞典』）である。

「よしや」の「や」は反語の助詞。

640番の湯原王の歌は、「恋ひつつをらむ」といいながら、「雲居に
や」とか「月も経なくに」の歌詞から、言葉だけで、娘子に逢いに行っ
ていないことが窺われる。それを、娘子は、言葉で関係を断つと言わな
くとも、「隔て続けていることは」私の意に適うことでしょうか、そう
ではない、と返しているものである。

これも、湯原王と娘子の贈答歌12首の中の、湯原王の歌である。

新しい訓

> 我妹子に　恋ひて乱れて　暗るべきに　かけて縁《えにし》と　我が恋
> ひそめし

新しい解釈

> あなたに思い乱れて、心も暗く沈んでしまうだろうと予想さ
> れたけれど、あなたとのつながりをいつも心に思って、私は恋
> を始めてきたのです。

■これまでの訓解に対する疑問点
　この歌の原文は、諸古写本において、

　「吾妹兒尓　戀而亂在　久流部寸二　懸而縁與　余戀始」

であるが、定訓は第2句の「戀而亂在」の「在」を「者」の誤字と
し、「恋ひて乱れば」と訓んでいる。なお、中西進『万葉集全訳注原文
付』は「恋ひ乱れたり」と訓んでいるが、「而」を無視している。
　また、注釈書は第3句「久流部寸」の「くるべき」を、「糸をよる道
具」（『日本古典文學大系』）の「反轉《くるべき》」と訓んでいる。それは、第4句
の「懸而縁與」を「掛けて縦《よ》せむと」と訓むことに誤導されていると思
われるが、これらの訓はすべて誤訓と考える。
　『日本古典文學大系』による、この歌の大意は「吾妹子に恋してもし心
が乱れてしまったら、くるべきにかけておさめととのえようと思って恋
しはじめたのだった。」である。

55

■新訓解の根拠

第2句の「戀而亂在」は、「恋ひて乱れて」と訓む。

「在」は「ありて」と場所を示す前置詞（『学研漢和大字典』）であるが、「乱れありて」を約めて「乱れて」と「て」に訓むもの。

第3句の「**久流**」は「**くる**」と訓み、「暗る・眩る」の意は、「**心が暗く沈む。思い乱れて、何もわからなくなる。**」「**目が眩む。**」（『古語大辞典』）の意。

「久流」を「暗る」と訓む例は、485番歌「日乃久流留麻弓」（日の暗るるまで）にある。

「部寸二」は「べきに」と訓み、「べき」は「当然」と訳されることが多いが、「必ずそうすることになっている、と予定を示す場合もある。」（『古語林』）ので、本歌の場合の「べきに」は「そういうことが予想されたけれど」の意に訳する。「に」は逆接の確定条件の接続助詞。

第4句の「懸而縁與」の「懸而」は「かけて」と訓み「心にいつも思って」（同前）の意で、5番歌にも同例がある。「縁」は「えにし」と訓み「ゆかり。つながり」のこと。

多くの注釈書は、「久流」を「暗る」と訓めなかったので、糸車の「くるべき」と解釈しているが、糸車は女性が用いる用具で、男性の湯原王が、女性が使う用具を用いて、乱れた恋心をととのえようと詠うだろうか、詠わないと思う。湯原王の渋面が目に浮かぶような誤訳である。

この歌は、紀女郎の「怨恨の歌」との題詞があり、紀女郎は安貴王の妻。安貴王については、535番歌の左注に、因幡八上采女を娶ったため不敬の罪に処せられたとある。

定訓

> 世の中の　女《をみな》にしあらば　我が渡る　痛背の川《あなせ》を　渡りかねめや

新しい解釈

> 世間の普通の女性であれば、私がしようとしている**夫と離別するという辛い川を渡る**ことができないだろうよ。私はできるのだ。

■これまでの解釈に対する疑問点

本歌の題詞の「怨恨」とは、安貴王の上記事件に対する紀女郎の妻としての恨みであろう。

多くの注釈書は、「痛背の川」は「穴師川」（弓月岳と三輪山の間を西流する）であるとしている。それは、1087番歌に「穴師川」のことを「痛足河」と表記されているからと思われる。

しかし、この歌において、なぜ「痛背の川」と詠わなければならないのか、明らかではない。

■新解釈の根拠

万葉集において、「痛」を「あな」と訓んでいる例は、他に344番歌、575番歌、1050番歌、2302番歌にある。「あな」は、いずれも「痛切に強い感動を表す」感動詞として用いられている。

「痛背の川」は、「あなぜ」の川であり、「あなぜ」（「あなじ」ともいう。）は「だしぬけに強く吹き出す西北の季節風」（『岩波古語辞典』）、「海が荒れる悪い風として恐れられた。」（『古語大辞典』）という風のことで、「痛背の川」とは、紀女郎に突然に襲いかかってきた夫の前記不倫・不敬のことを、突然に川に吹きだした「あなぜ」に譬えて詠っているものと考えられる。もっとも、表記的には「痛い夫」の意味をも表している。

「川を渡る」は、和歌においては男女が一線を越えて結ばれることであるが、ここでは、紀女郎が男女の一線を越える意味ではなく、夫の思いがけない不倫・不敬によって、離婚という一線を決意することである。

　夫によって突然もたらされた離別という恐ろしい事態を、「あなぜ」が吹く川を渡ると表現しているのである。

「かね」は接尾語で「……することができない」の意。

　紀女郎が夫・安貴王に対し未練の気持ちがあることは、続く644番歌、645番歌からも窺われ、本歌においても離別を詠う紀女郎の怨恨・苦悩が滲んでいる。

「大伴坂上郎女歌2首」との題詞がある歌の、一首である。

定訓

> 玉守に　玉は授けて　**かつがつも**　枕と吾は　いざ二人寝む

新しい解釈

> 　**一方では**、藤原一族（玉守）に藤原麻呂（玉）を授けなが
> ら、**一方では少しずつ**、さあ枕と一緒に寝ることにしよう。

■これまでの解釈に対する疑問点

　多くの注釈書は、本歌の「玉」に、坂上郎女の娘・大嬢らを想定して
いる契沖の説に従っている。

　したがって、本歌は、娘を婿である大伴家持あるいは大伴駿河麻呂に
嫁がせた母親の寂しさを詠った歌と解し、「かつがつも」を『日本古典
文学全集』は「ともかくも。不本意な気持、気落ちしたようすを表わす
副詞。」、『岩波文庫　万葉集』は「十分満足していないものの、なんと
か辛抱している気持。」などと解釈している。

　私は、これらの歌は坂上郎女の藤原麻呂に対する怨恨歌の一部と解す
るので、歌の情況把握が全く異なる（655番歌　補注参照）。

■新解釈の根拠

　本歌の登載配置を検証すると、643番「紀女郎怨恨歌3首」の後に、
大伴駿河麻呂の歌5首、大伴三依の歌1首の間に挟まれて、大伴坂上郎
女の歌が下記の3首と共に登載されている。

　　647　心には忘るる日なく思へども人の言こそ繁き君にあれ

649　夏葛の絶えぬ使ひのよどめれば事しもあるごと思ひつるかも
651　ひさかたの天の露霜置きにけり家なる人も待ち戀ひぬらむ

　確かに、本歌より前の位置にある649番の後注には、大伴坂上郎女と
大伴駿河麻呂の関係は叔母と甥の仲であり、この二人の間で「歌を送答
し、起居を相聞せしなり」とあるが、『岩波文庫　万葉集』が「駿河麻
呂は坂上郎女の父の兄弟の孫であり、甥ではない。」と後注の不正確さ
を指摘している。
　ところで、上記647番、649番は怨恨歌であり、つぎの2首を含む後
続の656番から661番までの「大伴坂上郎女歌6首」も怨恨歌である。

660　汝をと吾を人ぞ離くなるいで我が君人の中言聞きこすなゆめ
661　恋ひ恋ひて逢へるときだに愛しき言尽くしてよ長くと思はば

　このように「紀女郎怨恨歌」の後に、大伴坂上郎女の怨恨歌が多く配
置されているのであり、その怨恨の相手は夫の藤原麻呂としか考えられ
ない。
　大伴坂上郎女と大伴駿河麻呂や大伴三依との歌の送答は、前記後注が
いう「起居」は単なる日常ではなく、大伴坂上郎女が親しい身内の二人
に、藤原麻呂に対する怨恨を訴え、二人がそれを慰めた送答歌の歌群と
解する。
　また、619番・620番に、「大伴坂上郎女怨恨歌」の長歌と反歌があ
り、長歌の中の「ちはやぶる　神か離くらむ　うつせみの　人か障ふら
む」とあり、660番歌の「人ぞ離くなる」の歌句に近似し、また反歌の
「初めより長くいいつつ恃めずば」の歌調も661番歌の歌調に近似して
いる。
　したがって、これら2首を含め、本歌を含む10首は坂上郎女の藤原
麻呂に対する怨恨歌であると解する。
　よって、本歌の「**玉**」は藤原麻呂のことで、「**玉守**」は藤原一族のこ
とである。
　藤原麻呂は、当時、権勢を誇った藤原4兄弟の末弟で、新興勢力の藤
原氏と対抗関係にある旧勢力大伴一族の出身である坂上郎女を妻にして

おくことは、兄たちが許さなかったものと推察する。それを、坂上郎女
が怨恨歌で「ちはやぶる　神か離くらむ　うつせみの　人か障ふらむ」
と詠っているのである。

　本歌において、坂上郎女は、自分のところに来なくなった藤原麻呂を
藤原一門に授けて、自分は枕と一緒に二人で寝よう、と詠っているので
ある。

　坂上郎女の麻呂に対する執着と、気丈な性格が現れた歌である。

「かつがつ」は「一方で……しながら、一方では少しずつ。」の意の副
詞（『古語大辞典』）であり、この歌では上2句（麻呂を藤原一門に授け
ること）の一方で、少しずつ下2句（枕と二人で寝ること）をしようと
詠んでいるものである。

補注

　金子元臣『萬葉集評釋』は、この歌の「玉」は藤原麻呂のことである
としているが、「玉守」は麻呂の別の妻である「妾」のこととしている。

「大伴駿河麻呂の歌３首」との題詞がある３番目の歌。
　つぎの原文の結句が、未定訓であり、難訓歌である。

不念乎_{おもはぬを}　思常云者_{おもふといはば}　天地之_{あめつちの}　神祇毛知寒_{かみもしらさむ}　**邑禮左變**

新しい訓

思はぬを　思ふと言はば　天地の　神も知らさむ　**里例さ反**
す

新しい解釈

　　結婚する気もないのに、あなたを思っていると言えば、天地
の神様もそれを知って罰を下すでしょうし、**また里例の定めに
反することになるでしょう。**

■これまでの訓解に対する疑問
　戦後の注釈書は、ほとんど「邑禮左變」を訓読未詳、難訓、解読不
能、定訓なしとして、訓を付していない。
　唯一、間宮厚司『万葉難訓歌の研究』が、この難訓歌に挑戦し、つぎ
のように訓解している。

　　訓　　　　「邑禮左變」（**国こそ境へ**）
　　一首の訓　「思はぬを思ふと言はば天地の神も知らさむ国こそ境へ」
　　歌意　　　「私があなたのことを恋しく思っていないのに、思って
　　　　　　　　いると言ったならば、天地の神々もお見通しであろう。
　　　　　　　　国こそ境をつけて隔たっているけれども」

　しかし、「禮」を「こそ」と訓み得るかどうかを措くとしても、その訓から上記歌意を導けるかどうか、疑問がある。

　それは「国こそ境へ」の訓により「国こそ境をつけて隔たっているけれども」との歌意を導き、「『万葉集』では『コソ……已然形』で言い切りになる語句の多くが逆接確定条件句を構成する。」と述べているが、「『……こそ……已然形』の形で結ばれた文が、後続の文に対して逆接の確定条件を表わすもの。」(『古語大辞典』)、「『こそ……已然形』で文が終わらない場合、結びの部分が逆接の意で次に続くことが多い」(『古語林』)といわれているからである。

　上記訓による歌句は、「国こそ境へ」と已然形で終わっており、「後続の文」がなく、逆接的に解釈できる場合ではないのではないかと思われる(同著が、逆説に解されている例として掲げている3つの歌例は、すべて「言い切り」ではなく、後続の句がある例である)。「天地の神も知らさむ　国こそ境へ」が、「国こそ境へ　天地の神も知らさむ」の倒置表現であり、その場合は前の句に戻り逆接的に解釈できる例であるというのであれば、問題はない。

■新訓解の根拠
1　万葉集の家持の4106番の長歌の前文に、結婚に関する当時の法律を示す言葉として「例」が用いられ、どの注釈書も相当のスペースを割いて、「七出例」「両妻例」の法律の内容を詳しく説明している。

　　しかし、本難訓歌を訓解するに際して、誰も「禮」をその「例」に結び付けて考えていないが、法律家の私は「禮」は「例」のことであると直感した。平成18年まで「法例」という名の法律があり、今でも地方自治体には「条例」がある。
2　日本の古代の結婚儀礼は、宗族制度に基づく中国の儀式と全く同じではなかったが、他の諸制度・文化とともに中国の「六礼」が日本に請来し、それを参考にして大和朝廷によって、「戸令」が定められた。

　　戸令は、戸籍、結婚、離婚、相続等について定めた、現代の戸籍法と民法の親族・相続編を合わせたような内容の法律である。

　　万葉集の時代、地方の最も小さい地方行政単位は50戸を一つの単位とする「里」であり、そこには「里長」が置かれていた。山上憶良

の有名な892番歌「貧窮問答の歌」にも、笞を持って税を取り立てる里長の声は、寝屋処まで来て喚き立てる、と詠まれている。

　このように、「里」や「戸」は、中央の支配組織である「公」に対する「民」の概念であり、「民」すなわち被支配者の民に関する法令は「戸令」、「里例」と呼ばれていたと考える。

　したがって、本歌の「**邑禮**」は、「里例（さとれい）」と訓む。

3　「變」を「かへる」「かへす」の意に訓んでいる例が、1177番「伊往變良比」（い行き返らひ）、1822番「君喚變瀬」（君呼び返せ）、3068番「吹變」（吹き反し）、3809番「商變」（あきかへし）にある。

　「かへる」「かへす」は、「もとの場所や状態に戻す、戻る」の意と、「逆にする、逆になる」の意があるとされ、後者は「反る」「覆る」とも書くとされている（『古語林』）。

　したがって、本難訓歌においては「變」は、「反す」であり、「逆のことをする」「違反する」の意である。

4　本難訓歌は、男女の関係が定められている当時の里の中で、男の私が結婚する意思もないのに、女のあなたに結婚する意思があるというようなことをいえば、神様も見逃さず天罰を与えるだろうし、それは里例の定めに違反することになるでしょう、と詠んでいる歌である。

　前記戸令26条に、男が結婚の約束をした後、理由なく３カ月経っても結婚しない場合は、女の方から婚約を解消できるとの規定があることが背景にあると思われる。

5　以上により、結句を「さとれいかへす」と訓めば７字であるが、母音「い」を含むため、音節としては６音になる。

　結句の句中に単独母音（「え」を除く）が含まれる場合は、１字を加えて８字の字余り句とし、音節として７音にすることで、据わりの良い歌になるといわれている。

　万葉集の歌に多く、７番歌「借五百礒所念」（かりいほしおもほゆ）（い音・お音、９字）、31番歌「赤母相目八毛」（またもあはめやも）（あ音、８字）、35番歌「名二負勢能山」（なにおふせのやま）（お音、８字）、46番歌「古部念爾」（いにしへおもふに）（お音、８字）、65番歌「見禮常不飽香聞」（みれどあかぬかも）（あ音、８音）、75番歌「妹毛有勿久爾」（いももあらなくに）（あ音、８音）など、枚挙に遑がない。

　それゆえ、本難訓歌においても、「かへす」の前に接頭語「さ」を

64

入れて8字にしているものである。

補注

　以上の訓解に対し、私が法律家であるから好んで法令を持ち出している、と違和感をもつ人が多いのではないかと思う。

　しかし、この歌655番歌の前後にある歌が、どういう歌かを検証し、考察すれば、自ずと理解できる。

　ほとんどの注釈書は646番から655番までの歌を、大伴駿河麻呂あるいは大伴三依が大伴石川郎女との間で、親戚の者同士が、日常の様子を相聞した歌と解している。また、これらの歌に続く「大伴坂上郎女が6首」（656番〜661番）も、郎女が娘の「二嬢の立場に立って駿河麻呂に贈ったという説もある。」（『新潮日本古典集成』）という。

　私は、643番〜645番の夫・安貴王に対する「紀女郎が怨恨歌3首」に続き、前掲646番から661番までの歌は、やはり怨恨歌で、大伴坂上郎女の夫・藤原麻呂に対する怨恨に関する歌であると考える。

　藤原4兄弟の末弟・麻呂は、藤原家の政治的な配慮があって、妻・大伴坂上郎女を遠ざけるようになったことを、郎女は麻呂の置かれている立場を知りながらも、未練があり、恨んでいるのである。

　親戚の大伴駿河麻呂および大伴三依の歌は、そんな郎女を心配し、かつ相手の麻呂を非難しているのである。

　私の各歌の解釈は、つぎのとおりである。

「大伴駿河麻呂」
　646　ますらをの思ひわびつつたび數多く嘆く嘆きを負はぬものかも
　　　　（夫・麻呂を思い嘆く、坂上郎女の嘆きに対する責任を、麻呂が負わないものか）
「大伴坂上郎女」
　647　心には忘るる日なく思へども人の言こそ繁き君にあれ
　　　　（夫・麻呂を忘れる日なく思っているが、夫に関する噂が多く気になる）

「大伴駿河麻呂」

648　相見ずて日長くなりぬこのころはいかに幸くやいふかし我妹
　　　　（夫・麻呂が長く来なくなった今ごろ、坂上郎女はどうして
　　　　いるのか、元気かと心配している）

「大伴坂上郎女」

649　夏葛の絶えぬ使ひのよどめれば事しもあるごと思ひつるかも
　　　　（夫の使いが来なくなって、何か重大なことがあったかのよ
　　　　うに心配している）

「大伴三依」

650　我妹子は常世の国に住みけらし昔見しよりをちましにけり
　　　　（身内である三依が、坂上郎女を気遣って、最近若返ったと
　　　　郎女を元気づけている）

「大伴坂上郎女」

651　ひさかたの天の露霜置きにけり家なる人も待ち戀ひぬらむ
　　　　（藤原家の意向でつらい状態に置かれ、逢いに来られなく
　　　　なって、邸宅にいる麻呂も、逢いたいと思っているだろう）

652　玉守に玉は授けてかつがつも枕と吾はいざ二人寝む
　　　　（いっそ、夫・麻呂は藤原家に授けて、私は枕と二人で寝よ
　　　　う）

「大伴駿河麻呂」

653　心には忘れぬものをたまさかに見ぬ日数多く月ぞ経にける
　　　　（麻呂のことは忘れられないのに、思いがけなく逢えない日
　　　　が多く、月が過ぎてゆきますねと、郎女の気持ちに同情し
　　　　ている）

654　相見ては月も経なくに恋ふと言はばをそろと我を思ほさむか
　　　　も
　　　　（何カ月も待っているあなたには、逢ってから１カ月も経た
　　　　ないのに、恋しいと言えば、あなたは私を愚か者と思うこ
　　　　とでしょうか）

655　上掲の本歌

「大伴坂上郎女が歌６首」

　　　下記の歌の「君」「我が背子」「汝」は、藤原麻呂のことで、６

66

首は大伴坂上郎女の麻呂に対する怨恨の歌であることは、明らかである。

656　我のみぞ君には恋ふる我が背子が恋ふといふことは言のなぐさぞ

657　思はじと言ひてしものをはねず色の移ろひやすき我が心かも

658　思へども験もなしと知るものを何かここだく我が恋ひわたる

659　あらかじめ人言繁しかくしありばしゑや我が背子奥もいかにあらめ

660　汝をと吾を人ぞ離くなるいで我が君人の中言聞きこすなゆめ

661　恋ひ恋ひて逢へるときだに愛しき言尽くしてよ長くと思はば

このように、646番から661番までの歌は、藤原麻呂が大伴坂上郎女のところに来なくなったことに対する「怨恨歌」およびそれに関する歌である。

当時、権勢があった藤原氏を憚って、藤原麻呂の名前も、怨恨歌であることも明らかにされていないが、「紀女郎が怨恨歌３首」に続けることにより、これを暗示しているのである。

また、この事件は新興勢力の藤原氏と旧勢力の大伴氏との政治関係が背景にあるので、坂上郎女だけではなく、その親戚の大伴駿河麻呂らも、相手の藤原麻呂の態度に憤慨しているのである。

法令を制定し、これに拠って権力を掌握してきた藤原氏であるのに、藤原麻呂が婚約不履行をしてもよいのかと、大伴駿河麻呂が憤慨して糾弾しているのが、655番歌である。

単なる、親戚同士の日常を相聞した歌との解釈は、字面だけの解釈で一連の歌群の存在意義を看過している。

なお、この後、麻呂は若くして天然痘で死去しており、駿河麻呂の糾弾が真実になったと言っていいだろう。

題詞に、「大伴像見の歌」とある。

新しい訓

> 　　石上（いそのかみ）　降るとも雨に　**ふさがめや**　妹に逢はむと　言ひて
> しものを

新しい解釈

> 　〈いそのかみ〉たとえ雨は降っても、**気持ちは塞ぐだろうか、
> 塞ぎません**。妹に逢おうと約束したのだから。

■ これまでの訓解に対する疑問

　第3句の原文「**將關哉**」を諸古写本は「さはらめや」と訓み、『日本
古典文學大系』および中西進『万葉集全訳注原文付』は義訓で、「障ら
めや」と訓んでいる。

　また、澤瀉久孝『萬葉集注釋』が、「特に雨にせかれとぢこもる事を
『つゝむ』といふ事は『雨障』（アメツヽミ）（519）の條でくはしく述べたところであ
り」として、「つゝまめや」と訓んで以降、近年の注釈書の多くは、「つ
つまめや」と訓んでいる。

　しかし、「障」を「ツツム」と訓むことは『類聚名義抄』にあり、首
肯できるが、「關」には「ツツム」の訓がないので、本歌の「關」を
「つつむ」と訓むことには疑問がある。

■ 新解釈の根拠

「關」には、『類聚名義抄』に「フサク」の訓があるので、「將關哉」を
「ふさがめや」と訓む。

「ふさが」は「塞ぐ」の未然形で、「気を悪くする。腹が立つ」の意。

「め」は推量の助動詞「む」の已然形。

「や」は、反語で、古くは已然形にも接続した（『古語林』）。

「とも」は逆接の仮定条件で「（たとえ）～としても」の意である。

　したがって、たとえ雨が降ったとしても、気持ちが塞ぐであろうか、いや塞がない、妹に逢おうと約束したのだから、である。

「つつまめや」あるいは「障らめや」の訓では、雨が妹に逢いに行くことを妨げると想定した訓解であるが、雨で妹に逢いに行けないと心配して詠んでいるものではない。

　雨は一般的に気持ちを塞ぐものであるが、妹と逢う約束をしているので、雨が降っても気持ちが塞がないと詠っているものである。

大伴坂上郎女の歌である。

新しい訓

　恋ひ恋ひて　逢ふなるものを　月しあれば　夜は隠るらむ
しましあり待て

新しい解釈

　こんなに恋しく思い合って、逢うことになったのだから、**今は月もあるので**、しばらく、そのまま、来るのを待ってください。**やがて夜は闇に包まれるでしょう。**

■これまでの訓解に対する疑問

　多くの注釈書は、第4句の「夜は隠る」の解釈を、「夜深く」として、これから夜が深くなるだろうと、男が帰るのを止めている歌、と解している。

　しかし、第3句の「月しあれば」の関係で、月を強調した上で、月があるのでこれから夜が深くなると詠むことは、不自然である。

　今は、月があって、夜が明るいが、やがて夜が闇に包まれるだろう、という意味である。ここの「夜」は月との関係で、「暗くなる」ことを意味している。夜が「闇」に隠れる意である。

■新訓解の根拠

　まず、定訓は第2句の「**相有物乎**」を「逢ひたるものを」と訓んで、すでに二人が逢っている状態と解しているが、私は「**逢ふなるものを**」と訓み、逢いたい逢いたいと思って、ようやくこれから逢うことになっているのに、の意と解する。

　すなわち「有」を「たる」と訓むか、「なる」と訓むかにより、この歌の詠んでいる状況が全く異なってくる。

　定訓は、「有」を完了の助動詞「たり」と訓むものであるのに対し、私は断定の助動詞「なり」と訓む。

　その理由は、第4句と結句は倒置の関係にあり、下句は「月しあればしましあり待て　夜は隠るらむ」で、これからのことを詠んでいるからである。

　ようやく逢うことになり早く逢いたいが、月が明るいので、しばらく来るのは待ってください、もう少しするとあなたが来ることも夜の闇に隠れるでしょうから、との気持ちの歌である。

　月明かりがまだあるので、訪れて来る男が他人に見られることを作者が恐れて、「しましあり待て」と結句で強調して、男を制止しているのである。

　初句の「恋ひ恋ひて」は、男も女も、お互いに恋しく逢いたいとの思いと解するのが普通であるが、そうであれば、夜深くなる前に、男が帰ろうとして女が止める歌であるというのは、情況把握として不自然ではなかろうか。

　この歌は、断定の助動詞「なり」が、動詞の連体形「逢ふ」に接続する例である。

「相聞」の部にある湯原王の歌。

新しい訓

> 　月読の　光りに来ませ　あしひきの　**山来隔りて**<ruby>き<rt></rt></ruby>　遠からな
> くに

新しい解釈

> 　月の光を頼りにいらっしゃい。〈あしひきの〉あなたの所か
> ら**山に向かって来るには隔てているが**、遠くはありませんか
> ら。

■これまでの訓解に対する疑問点

　訓解の不明な文字数が多いほど難訓の度合いが高いものであるが、本
歌の第4句の原文「山寸隔而」の「寸」のように、一文字だけの場合も
かえって想定がつきにくく、解訓が難しいものである。

　古写本における原文の表記は、元暦校本、類聚古集、紀州本、広瀬本
は「寸」、神宮文庫本、西本願寺本、京都大学本、陽明本、寛永版本は
「乎」とある（ただし、広瀬本には「乎」の書き添えもある）。

　訓については、元暦校本に「やまちへたてて」とあるほかは他の古写
本は「ヤマヲヘダテテ」である。

　ところで、本歌の「足疾乃　山寸隔而」とほぼ同じ意の歌が、大伴家
持のつぎの2首に「夜麻伎敝奈里氏」とあり、「寸」のところが「伎」
となっている。

　3969　（長歌の部分）あしひきの　夜麻伎敝奈里氏　たまほこの
　　　　　　　　　　道の遠ほければ

3981　あしひきの　夜麻伎敝奈里氐　遠ほけれど　心し行けば　夢
　　　に見えけり

　澤瀉久孝『萬葉集注釋』は、上2首は家持が670番歌を学んだもので
あるから、670番歌の原文は「乎」ではなく、「寸」であると結論して
いる。
　そして、近年の注釈書は「寸」を「き」と訓んで、つぎのように注釈
している。

　　山來隔りて
　　　　『日本古典文學大系』　　　　山をへだたって。キは距離の意か。
　　山きへなりて
　　　　『日本古典文学全集』　　　　山が妨げになって、の意か。キは
　　　　　　　　　　　　　　　　　　不明、ヘナルは隔たるの意。
　　　　澤瀉久孝『萬葉集注釋』　　　「き」には、ものをわかつ意がある
　　　　　　　　　　　　　　　　　　のではなかろうか。
　　　　『新潮日本古典集成』　　　　「き」は不明。刻み目の意で断絶を
　　　　　　　　　　　　　　　　　　表わすか。
　　　　『新編日本古典文学全集』　　キの語性不明。
　　　　伊藤博訳注『新版万葉集』　　「き」は不明。
　　山き隔りて
　　　　『新日本古典文学大系』　　　「分け隔てて」
　　　　『岩波文庫　万葉集』　　　　キの語義未詳。
　　山經隔りて
　　　　中西進『万葉集全訳注原文付』　キは経過を示すか。

■新訓解の根拠
　つぎの歌にも「寸」あるいは「伎」の表記があるが、いずれも「来」
と訓まれている（『岩波文庫　万葉集』）。

　　3074　はねず色の　うつろひやすき　心あれば　年をぞ来経る（年
　　　　　乎曾寸經）　言は絶えずて

3973　（長歌の部分）あをによし　奈良道来通ふ（奈良治伎可欲布）
　　　　たまづさの　使ひ絶えめや

4008　（長歌の部分）あをによし　奈良を来離れ（奈良乎伎波奈礼）
　　　　あまざかる　鄙にしあれど

4398　（長歌の部分）顧みしつつ　いや遠に　国を来離れ（國乎伎
　　　　波奈例）

　このように、「き」（寸・伎）は、「山」「隔」と共にだけではなく、
「道」「経」「通」「離」の語と共にも、「来」と訓まれている。
『岩波古語辞典』によれば、「き【来】」は「身近な所へ向って、空間
的・時間的・心理的に近づくことを、話し手の立場でとらえていう語」
とある。
　よって、本歌の「き」も「向かって来る」の「来」で、**「山寸隔而」**
は**「山来隔りて」**と訓む。この「て」は、逆接の確定条件の「て」であ
る。
　結句の「遠からなくに」の「なくに」はク語法の「ク」で、「遠くあ
らぬ」に「明（あ）く」がついて約めた形で、「遠くないことが明らか」
の意である（江部忠行氏のブログ「上代語法序説」　ク語法の真実〈「言
はく」は「言ふこと」か〉）。
　今夜は月明かりであるので、山が隔てているが山道を来れば遠くあり
ませんから、との気持ちの歌である。

巻第4　679番

中臣女郎が大伴家持に贈った歌5首の5番目の歌。

定訓

> **いなと言はば**　強ひめや我が背　菅の根の　思ひ乱れて　恋ひつつもあらむ

新しい解釈

> **私が、あなたの誘いを否と断れば、**それでもと無理強いしてくれるでしょうか、あなた。それが心配で、〈菅の根の〉思い乱れて、ずっと逢いたいと思っています。

■これまでの解釈に対する疑問

　他の4首からも、中臣女郎が家持に一方的に強い恋心を懐き、まだ二人は逢っていない情況と考えられる。

　注釈書は、ほとんど全部といっていいほど、「いなと言はば」の主体を家持として、この歌を解釈している。

　すなわち、家持が中臣女郎の誘いを「否」と断っても、歌の作者・中臣女郎は無理強いするでしょうか、しない、我が背（家持）よ、と詠っているとするものである。

　しかし、私は、女の中臣女郎の方から男の家持を誘い、さらに女の誘いを男が「否」と断ることはないと思うし、まして断られても女が男に無理強いしないというような歌を男に贈ることはない、と考える。

■新解釈の根拠

　多くの注釈書は、つぎの2首を引用して注釈している。

96　み薦刈る信濃の真弓我が引かば貴人さびていなと言はむかも
236　いなと言へど強ふる志斐のが強ひ語りこのころ聞かずて我れ
　　　恋ひにけり

　まず、96番歌で、「我が引かば」は男が女を誘っていることで、「い
なと言はむかも」の主体は、女（石川郎女）である。
　つぎに、236番歌の「いなと言へど」の主体は、歌の作者である。
　本歌においては、「いなと言はば」の主体は236番と同様に歌の作者
であり、そして女性である点は96番歌と同じである。
　すなわち、歌の作者である中臣女郎が家持から誘われた場合を空想し
て、中臣女郎がその誘いに対し（女として、すぐに本心を見せることを
憚って）「否」といえば、家持がさらに強く誘ってくれるだろうか（く
れないかも知れない）、我が背子（家持）よ、私（中臣女郎）はこんな
に思い乱れて恋しているのです、と詠っている歌である。
　恋しい人が誘ってくれることを空想し、また、そのときその誘いにす
ぐに応じない自分を想定し、さらに応じなかったことに対する相手の反
応を懸念する、恋に乱れる女心を詠い、相手の男に恋を訴えている歌と
解すべきである。
　なお、結句の「恋ひつつもあらむ」は、恋をしながら、逢えることが
「ある」との意志を示しているので、「恋ひつつもあらむ」である。

大伴坂上郎女の歌7首の7番目の歌である。

定訓

> 海山も　隔たらなくに　何しかも　目言をだにも　ここだ乏
> しき

新しい解釈

> 海山も隔っていなく、日常的に行き遇うこともあるのに、ど
> うしてかしら、**目で語り合うことさえも**、こんなに少ないのだ
> ろう。

■これまでの解釈に対する疑問

　第4句の原文「目言乎谷裳」の「目言をだにも」について、ほとんど
の注釈書は「目に見、口に語ること」(澤瀉久孝『萬葉集注釋』)と解釈
している。

　万葉集で、つぎの歌に「目言」が詠われている。

　　2647　東細布空ゆ引き越し遠みこそ目言離るらめ絶ゆと隔てや

　初句は「横雲の」などと訓まれているが、「あづまたへ(東栲)」と訓
み、布を晒す作業に従事している男女が、長い布の両端を持って宙に引
き伸ばしてゆくと、お互いの距離が離れてゆき、目の表情で話せなくな
る、それは目言で話すことを断とうとして隔てているものではない、と
詠っている。

　すなわち、「目言」は、一つの言葉であり、見ることと、言うことの、
二つを並列に並べた言葉ではないのである。

■新解釈の根拠

　本歌の「目言」も「目に見、口に語ること」ではなく、いわゆる声に出して言うのではなく、**「目がものを言う」**のことである。英語の「アイ・コンタクト」も、これに近い。

　人は、声に出さずとも、目の表情がその人の気持ちを表し、相手も目の表情でその人の感情を知ることができ、言いたいことがほぼ分かる。

　これを、「めこと」と言っているのである。

　近くにいるのだから、わざわざ言葉を交わすことは難しくとも、行き遇ったときに、目と目で気持ちを表すこともできるのに、どうしてそれさえこんなにも乏しいのか、と嘆いている歌である。

『岩波文庫　万葉集』は、「目言」を「会って話をすること」と説明し、「第三句以下、語法的には『何しかも君が目言のここだ乏しき』と言う方が正確。」と注釈しているが、「目言」は**互いに目で語り合うこと**であるから、「君が目言の」では、かえって歌を損なうことになる。

大伴像見の歌３首の一首である。

定訓

> 　我が聞きに　懸けてな言ひそ　刈り薦の　乱れて思ふ　**君が**
> **直香ぞ**

（直香：ただか）

新しい解釈

> 　私の耳に聞こえるように言わないで、**君の本音が**聞こえてく
> ると〈刈り薦の〉思いが乱れる。

■ これまでの解釈に対する疑問

　万葉集に、本歌のほか「ただか」と詠んでいる歌は、つぎのようにある。

1787　（前略）寐も寝ずに　我れはぞ恋ふる　妹が直香に
3293　（前略）間もおちず　我れはぞ恋ふる　妹が正香に
3304　聞かずして黙もあらましを何しかも君が正香を人の告げつる
3333　（前略）人の言ひつる　我が心　筑紫の山の　黄葉の　散り
　　　　て過ぎぬと　君が正香を
4008　（長歌の部分）手向けの神に　幣奉り　我が乞ひ祷まく　は
　　　　しけやし　君が多太可を　ま幸くも　ありたもとほり

　注釈書は「タダカはその人自身、またその様子」（『日本古典文學大
系』）、「タダカの原義はその人固有のかおり。転じて、その人を表わ
す。」（『日本古典文学全集』）としているが、本歌について、「君が直香
ぞ」の訳は、前者は「君の正香なのですから」、後者は「あの方につい

てのことなのです」、また澤瀉久孝『萬葉集注釋』は「君なんですよ」
などで、「直香」の訳は必ずしも明瞭とはいえない。

■ 新解釈の根拠
「直香」も「正香」も、文字面はその人そのものから現れてくる香り、
匂いであるが、それに限らず、声、気（雰囲気）、身体の状況など、そ
の人そのものから現れ出てくるものである。

　また、その人の存在そのものをも指すと解せられる。

　したがって、「ただか」の訳は、用いられている歌の前後の詞によっ
て、訳語を考えるべきといえる。

　1787番歌は「寐も寝ずに　我れはぞ恋ふる　妹が直香に」および
3293番歌は「間もおちず　我れはぞ恋ふる　妹が正香に」とあるので、
「妹が正香に」は単に妹が恋しいというのではなく、妹の身体の状況を
意識しての表現であるから「妹が姿に」の訳が相応しいと考える。

　3304番歌は「君が正香を人の告げつる」とあるので、「君が正香」は
「君の本音」と訳することができる。

　3333番歌は「黄葉の　散りて過ぎぬと　君が正香を」とあるので、
「君が正香」は「君の存在」が亡くなったことであろう。

　4008番歌は「君が多太可を　ま幸くも　ありたもとほり」とあるの
で、「ただか」は、旅にある君の身体の状況、すなわち健康のことであ
ろう。

　さて、本歌は、「我が聞きに懸けてな言ひそ」すなわち「私の耳に聞
こえるように言わないで」とあるので、「君が直香ぞ」は、「君の本音」
のことである。

　君の本音が聞こえてくると心が乱れるから、と詠んでいるものであ
る。

　大伴坂上郎女が跡見の庄より、家で留守をしている娘・大嬢に与えた
長歌、その冒頭部分である。

新しい訓

> 　**常<ruby>を<rt>つね</rt></ruby>にと**　我が行かなくに　小金門<ruby>に<rt>を かな ど</rt></ruby>　もの悲しらに　思へ
> りし　我が子の刀自<ruby>を<rt>と じ</rt></ruby>　ぬばたまの　夜昼と言はず　思ふにし
> わが身は痩せぬ（後略）

新しい解釈

> 　**いつもこうである（留守番である）と**、私がまだ出て行かな
> いのに、門口のところで、もの悲しそうにしていたわが子の刀
> 自を、〈ぬばたまの〉夜昼となく思ってしまうので、わが身は
> 痩せてしまった、

■これまでの訓解に対する疑問

　初句の原文「常呼二跡」の「常呼」を「常世」（とこよ）と訓む注釈
書が多く、「常世にと　私が行くのではないのに」と解釈している。

　そして、「常世」の「よ」は、乙類の仮名であり、「呼」は甲類の仮名
で仮名違いであるが、「呼」は呼び掛けの助詞「よ」を借用したものと
する。

　なお、中西進『万葉集全訳注原文付』は、「トコヨとよむこと疑問。
ツネヲニトと訓み、終始の意とする考え（全註釈）も捨て難い。」とし
て、武田祐吉『万葉集全註釋』を引用している。

■新訓解の根拠

「常乎」を「つねを」と訓む例は、4161番歌「常乎奈美許曾」（つねを

なみこそ）にある。

「呼」を「を」と訓む例は、1番歌「家呼毛名雄母」（家をも名をも）、536番歌「道之永手呼」（道のながてを）など多数ある。

　したがって、「常呼」は「つねを」と訓み、「を」は強調を表す間投助詞。

「にと」の「に」は断定の助動詞「なり」の連用形「に」に、格助詞「と」がついたもの。

「常をにと」の「常」は、母の坂上郎女が跡見の庄に行くときは、**いつも**留守番をさせられる事態になること、「にと」は、そういうことになるという大嬢の気持ちを、表現している。

「常世」を死後の世界と解している注釈書もあるが、大袈裟すぎることは言うまでもないし、大嬢を思う母親の気持ちから、**離れている**。

　跡見の庄に、大伴家の領地があり、家刀自の坂上郎女は、そこの民への仕事の指示のために、時々何日か行っていたのであろう。

　歌に「我が子の刀自を」というのは、自分が家を留守の間は、留守番役の大嬢を「刀自」と呼んで励ましたのであろう。

　娘を思う母親の情愛溢れる歌である。

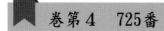

　この歌の題詞に「天皇に献りし歌2首　大伴坂上郎女の、春日の里に在りて作りしものなり」とある。他の一首は、つぎのとおり。

　726　外に居て恋いつつあらずば君が家の池に住むという鴨にあらましを

定訓

> にほ鳥の　潜く池水　心あらば　君に我が恋ふる　心示さね

新しい解釈

> 　私（坂上郎女）は、仲睦まじいにほ鳥となって、君（天皇）の池深くに潜っているので、池の水よ、私の心を分かってくれるのであれば、君に対し私がお慕いしている心を、池の水面に水紋として現して欲しい、

■これまでの解釈に対する疑問
　726番歌に、「君が家の池」とあるので、本歌の「池水」も君が家の池水の意、同じく「鴨にあらましを」とあるので、本歌の「にほ鳥」も坂上郎女がにほ鳥になっての意と解される。
　多くの注釈書は、池あるいは池水の心を中心に注釈して論じており、歌の作者・坂上郎女と、にほ鳥の関係を全く考察していないため、「献上の事情が不明で作意も捉えにくい。」（『岩波文庫　万葉集』）との評がなされている。

■新解釈の根拠
　本歌は、春日の里にいる坂上郎女が、天皇（聖武天皇）に思いを伝え

る手段として、にほ鳥（カイツブリ）が、雌雄の仲が良いこと、および水中に潜る習性に心に秘めた状態を連想させ、自分の化身として、にほ鳥を天皇の住む宮殿に飛ばし、池に潜らせている構想の歌である。

　そして、潜って水中にいる、にほ鳥の思い（坂上郎女の天皇に対する思い）を、池水に対し、池の水面に水紋となって現して欲しいと、池水に希求しているのである。

　このように、にほ鳥と坂上郎女の関係を理解せずに、この歌を理解することはできない。

　柿本人麻呂や大伴坂上郎女のような歌の名手の歌であるほど、この歌のように、まだ解明されていないものが多い。

　この歌は、大伴家持と坂上大嬢との間の29首の贈答歌のうちの、大嬢の一首。

新しい訓

> 　かにかくに　人は言ふとも　若狭道の　後瀬の山の　**後も思はむ君**

新しい解釈

> 　いろいろと他人は言うけれど、私は若狭路にある後瀬の山の「のち」のように、**のちのちも思っています、あなたのことを。**

■これまでの訓解に対する疑問点

　結句の原文は、諸古写本において「将念」に一致しているが、「念」は「合」の誤字とする契沖『萬葉代匠記』、あるいは「会」の誤字とする賀茂真淵『萬葉考』の説に従い、定訓は「逢はむ」と訓んでいるものである。

　それは、この歌に対する家持の返歌である739番歌に、「後毛将相常念社」（後も逢はむと　思へこそ）と詠んでいるので、大嬢が「後も逢はむ」と詠んだことをうけたもの、との考えであろう。

　しかし、家持は大嬢の「将念」をうけて、「念社」（思へこそ）と詠んでいるのであり、家持は大嬢の「将念」を「思はむ」と理解していたのである。

　この歌の前後の家持と大嬢の贈答歌（727番ないし755番）において、「念」は「思ひ（へ）（ほ）」（734番、738番、739番、750番、751番、752番、754番）と訓まれており、「逢は（ひ）（ふ）」には「相」（730番、733番、739番、740番、747番）の文字が用いられている。

すなわち、「逢はむ」の表記に「念」「合」「会」を考える余地はない。

■新訓解の根拠
「後毛将念君」は**「後も思はむ君」**と訓む。

　このように読むと8字の字余りとなるために、上掲の誤字説は「念」を「も」ではなく、「合」あるいは「会」の「あ」の誤字とすることにより、句中に単独母音「あ」があるので字余りが許容される場合になることを考えたのであろう。

　しかし、字余りの許容については、同一行の音節（「も」）が連続する場合（木下正俊氏）、句中に推量や意志を表す助動詞「む」がある場合（桜井茂治氏）などの字余り許容説も発表されており、これらにより誤字説の訓によらなくとも、この句の字余りは許容されるのである。

　この歌は大嬢の歌であるから、当時の風習として、女性の方から「逢はむ」と逢うことを提案することはないのである。当時の女性は男性に逢えない辛さを歌に詠んで男性に贈る（735番）ことはあっても、自分の方から逢いたいとの歌を男性に贈ることは通常ではない。

　この歌においても、女の大嬢は「君を思う」と詠んだので、男の家持は「後も逢はむと思へこそ」（739番）と答えているのである。

大伴家持と坂上大嬢の贈答歌29首のうちの、家持が和<ruby>こた</ruby>えた歌。

新しい訓

> 言のみを　**後にも逢ふと**　懇<ruby>ねんご</ruby>ろに　我を頼めて　**逢はざるべ**
> **くも**

新しい解釈

> 言葉だけは、「後にも逢います」と、真心を込めた言い方で
> 私を信用させておいて、**きっと逢わないに違いないことだろう**
> **よ。**

■ これまでの訓解に対する疑問点

第2句原文「後毛相跡」に対し、諸古写本は「ノチモアハムト」、現
代の注釈書は「後も逢はむと」と訓んでいるが、原文には助動詞「む」
に当たる文字の表記はない。

この歌の直前の大嬢が大伴家持に贈った歌には737番歌「後毛将念
君」（のちももはむきみ）と「将」の字があり、699番歌も「後毛将相」
（のちにもあはむ）と「将」の表記がある。

また、結句「不相可聞」に対しては、諸古写本は「アハザラムカモ」
あるいは「アハザラメカモ」、現代の注釈書は「逢はざらむかも」と訓
んでいるが、やはり原文には「む」に当たる文字の表記がない。

いずれも、不当な訓添による訓である。

■ 新訓解の根拠

第2句の「**後毛相跡**」を「**後にも逢ふと**」と訓む。

「毛」を「にも」と訓む例は、前掲の699番歌にある。

この第2句は、家持が大嬢の贈歌である前掲737番歌の「後も思はむ君」の歌句をうけて引用しているものである。

　大嬢は「後も思はむ」と「逢う」という詞を用いず、しかも推量や意志の意味を込めて詠んでいるが、家持はこれを大嬢が「後も逢いたいと思っている」と確約した詞と捉えて、引用しているのである。

　家持の逢って欲しいとの気持ちの表れである。家持は引用に際して、故意に大嬢の言葉から「将」を省略しているのである。

　結句の「**不相可聞**」は「**逢はざるべくも**」と訓む。「べく」は、推量の助動詞「べし」の連用形。

「『べし』の基本義は、周囲の事情、前後の状況あるいは従来の経験などから考えて、どうしてもこのようにあるだろうと推量する意、当然・必然の気持ちが強いものである。」（『古語大辞典』 語誌 ）とある。

　家持は、大嬢が言葉では逢いたいようなことを言っても逢わないかも知れないという推量を、大嬢のこれまでの態度などに基づいて言っているもので、「可」は助詞「かも」の「か」ではなく、助動詞「べし」の活用形「べく」と訓むことが相応しいのである。

　末尾の「も」は、執着を示す終助詞。

大伴家持が坂上大嬢に「更に贈った15首」との題詞があるうちの一首。

新しい訓

> 夢の逢ひは　苦しかりけり　驚きて　掻き探れども　**手にも触れえねば**

新しい解釈

> 夢の中で大嬢と逢うことは、苦しいものだった。大嬢に触れようとしたが触れられないので、どうしてかと驚いて、褥の中をかき探ったけれど、やはり**手にも触れられなかったので。**

■ これまでの訓解に対する疑問点

結句の原文「手二毛不所觸者」を、定訓は「手にも触れねば」と訓んでいるが、「所」の文字を訓んでいないことになる。

万葉集に「不所」の表記は57首あるが、「所」を「え」と訓んでいないのは、本歌と1459番歌だけである。しかし、1459番歌の原文「不所比日可聞」を「散れるころかも」と訓むのは誤りで、「所」は「え」と訓んで、「たぐひえぬかも」であることは当該歌の訓解で述べる。

■ 新訓解の根拠

「手二毛不所觸者」の「所」も「え」と訓んで、「手にも触れえねば」と訓む。

「え」は助動詞「ゆ」の未然形で、可能の意。したがって、「不所」すなわち「えね」（「えず」の已然形）は不可能の意。

家持は夢の中で大嬢と逢って、大嬢に触れようとしたが触れられない

ので苦しく、褥の中をかき探ったけれど、やはり手にも触れられなかった、と詠っているものである。

　触れることができると思ってかき探っているのであるから、単に手に触れなかったというのではなく、触れられなかったこと、すなわち、夢の中だけではなく、現実にも不可能であった気持ちを詠っており、「え」の訓は重要である。

　定訓は、結句に「え」を入れて訓めば8字の字余りになるため、「所」を無視して7字に訓んでいるものと思われるが、必要な文字を訓まずに、字数合わせをするのは本末転倒である。

　また、ヤ行音の前にeの音節があるときは、字余りが許容される（佐竹昭広氏が提唱）が、この「え」は終止形「ゆ」の未然形の「え」でヤ行音の「え」で、その前の音節はeの音節の「れ」（Re）であるから、字余りが許容される場合でもある。

紀女郎が大伴家持に贈った2首のうちの一首。

新しい訓

神さぶと　否（いな）にはあらず　**はやおほや**　かくして後に　寂（さぶ）し
けむかも

新しい解釈

　年をとっているからといって拒否しているのではありませ
ん。**実はぼんやりと、**このような関係になった後に、寂しくな
るのではないかと思いまして。

■これまでの訓解に対する疑問点

　第3句の原文は「八也多八」に諸古写本は一致しており、訓も「ヤ、
オホハ」と一致している。ただし、西本願寺本には「八也八多　古本」
の記載もある。

　ところが、定訓が第3句を「はたやはた」と訓んでいるのは、加藤千
蔭の『萬葉集略解』に「宣長云、八也多八は八多也八多と有りしが、文
字の脱ち、或は上下して誤れるなり。」とあることにより、これに従っ
ているものである。

　そして、その意味は「もしや、ひょっとして」（『日本古典文學大
系』）、「もしかして」（『日本古典文学全集』、『新編日本古典文学全集』、
『新日本古典文学大系』、『岩波文庫　万葉集』）、「さりとて、ほんに、さ
りとてまた」（澤瀉久孝『万葉集注釋』）、「その反面」（『新潮日本古典集
成』、伊藤博訳注『新版万葉集』）および「一方では」（中西進『万葉集
全訳注原文付』）としている。

■新訓解の根拠

「**八也多八**」を原文のまま、「**はやおほや**」と訓む。

「八也」は副詞の「はや」で、「さては。実は。」(『古語大辞典』)、「ほかでもない。実は。」(『旺文社古語辞典新版』) の意。

「多」は「おほ」と訓み、「おぼろなさま。ぼんやり。」(『古語大辞典』)、「ぼんやりしている。はっきりしない。」(『旺文社古語辞典新版』) の意。

「多」を「おほ」と訓む例は、606番歌「多奈利丹」にある。

最後の「八」は「や」で、詠嘆の間投助詞。

したがって、「はやおほや」は、「実はぼんやりと」の意と解される。

老いらくの恋を詠うのに定訓「はたやはた」による解釈である「ひょっとして」「もしかして」の語感より、「実は、ぼんやりと」の方が歌句として優れていると思う。

紀女郎の前掲2首とある歌の他の一首。

定訓

> 玉の緒を　**沫緒に搓りて**　結べらば　ありて後にも　逢はざ
> らめやも

新しい解釈

> **軽い気持ちで私と関係を**結ぼうとするのであれば、この先も
> お逢いしないことがあるかと思います。

■これまでの解釈に対する疑問点

「玉の緒」は、「たま」を「魂」にかけ、魂を繋いでおく紐で、生命の
ことである。

「沫緒に搓りて」は、紐の搓り方をいっているもので、「片緒に搓りて」
(3081番) は1本の糸で搓ること、「三相に搓れる」(516番) は、3本の
糸を搓り合わせることである。

　そこで本歌の「沫緒に搓りて　結べらば」は、どのような搓り方をし
た紐を結ぶということかについて、各注釈書の間に若干の違いがある
が、緩く搓った紐で結ぶことが大勢である。ただし、中西進『万葉集
全訳注原文付』は「水の泡という玉をつらねた緒（ひも）。はかないも
の。」「水沫の緒で結ぶことができたとしたら」としている。

■新解釈の根拠

　この歌は、10歳ほども年下の大伴家持に言い寄られた紀女郎が、家
持に贈った歌で、2首のもう一首である762番歌と同様に、紀女郎は若
い家持との関係の将来に、不安をもっていることを詠っているものであ

る。

　沫緒の「沫」は「淡」を連想させ、「淡し」は「薄情だ。浅薄だ。軽薄だ。軽々しい。」(『古語大辞典』)の意である。

「玉の緒を沫緒に撹りて結ぶ」は、年上の紀女郎と関係をもつ家持の態度を比喩的に表現しているもので、家持が軽い気持ちで紀女郎と関係をもつのであれば、の意である。

　そうであれば、「これから先も、逢わないだろうかも」と下句で詠んでいる。

　結句の「逢はざらめやも」の「やも」を反語に解して、「これから先も、逢えないことがありましょうか」と二重否定的すなわち肯定的に解している注釈書が多いが、本歌の「やも」は疑問の「やも」で、疑問を懐いて否定していると解すべきである。

　それ故にこそ、家持は紀女郎を安心させるべく、つぎの歌を詠んでいる。

　　764　百年に老舌出でてよよむとも我れはいとはじ恋ひは増すとも

　また、家持は積極的であったが、紀女郎は家持との交際に悩んでいたことは、家持のつぎの歌でわかる。

　　781　ぬばたまの昨夜は帰しつ今夜さへ我れを帰すな道の長手を

　大伴家持が、転勤していた久邇京より、坂上大嬢に贈った5首の歌のうちの、3番目の歌。

新しい訓

　夢にだに　見えむと我れは　**もどけども**　相し思はねば　うべ見えざらむ

新しい解釈

　（私に逢えなくとも）夢にでも見えるだろうと私が**非難しても**、お互いに思い合っていないのだから、夢に見えないのは当然だろう。

■これまでの訓解に対する疑問

　第3句の原文「保杼毛友」を、定訓は「**ほどけども**」と訓んでいる。

　しかし、定訓を採る注釈書である『新日本古典文学大系』は動詞「ほどく」は古代の傍証を欠くとし、『岩波文庫　万葉集』は、動詞「ほどく」は古代の用例がなく、また「ほどく」だけで下紐を解くことを意味しうるかも疑問、後考に待つとしている。

　また「毛」の訓み方が分からないとして留保し、「保杼毛友」（ホドトモ）としている澤瀉久孝『萬葉集注釋』は、「思はれれば紐が解けるといふ俗信に對して、誘ひ水のやふに、自分で紐を解いてねる」という説を紹介した上で、「ほどく」の用例が古くは見えない点にいささか不安があり、且つ「ほどけども」とだけあるのを右の如き意に解するのも少し無理なように考える、という。

　万葉集中、「解く」と訳されている歌は85首の多くを数えるが、同じ意の「ほどく」と詠んだ歌は全くない。

また、「解く」と詠われている万葉集の歌において、解く対象は「紐」が圧倒的に多いものの、そのほか「心」「標」「帯」「袖」「緒」など多岐にわたっているが、「解く」の対象を明らかにして詠んでいる。

　前記指摘のように、万葉集当時「ほどく」の詞がない上に、「ほどく」だけで「自分の紐をほどく」意に解することには、大きな疑問や無理がある。

■ 新訓解の根拠
1　この歌の解釈をするとき、5首の他の4首の理解が有用である。

　　　770　人目多み逢はなくのみぞ心さへ妹を忘れて我が思はなくに
　　　771　偽りも似つきてぞする現しくもまこと我妹子我れに恋ひめや
　　　773　言とはぬ木すらあじさゐ諸弟らが練りのむらとにあざむかえけり
　　　774　百千たび恋ふと言ふとも諸弟らが練りの言葉は我れは頼まじ

　どうも、本歌を含め5首は、家持と大嬢の間に感情的な縺れがあるときに詠まれた歌である、と思われる。

　本歌も、下句は「相し思はねばうべ見えざらむ」と、お互いに思い合っていないのだから夢に見えないのも当然だ、と大嬢に素気無く詠っているのである。情熱的に相思相愛を詠っている歌ではない。

　そんな中で、誘い水を懸けるように、男が自分の紐を解くというようなことはあり得ないことである。
2　この時期、家持は許嫁の大嬢を平城京に残し、単身、新都の久邇京に内舎人として転勤していた。家持は、大嬢の許へ行きたくても行けない寂しさを、年上の紀女郎との交際で紛らわしており、そのことを仄聞した大嬢は家持の愛を失わないよう「諸弟」を使者に遣わし、家持への愛を熱烈に、かつ執拗に伝えたのであろう。

　そのことが、家持には自身の行為の後ろめたさもあって、鬱陶しく、押しつけがましく、自分が責められている心境になったと思われ

る。

　　まず、770番歌で自分の行為の言いわけをしておいて、本歌を含む
後の4首で、相手の行為を詰っている構図である。

3　私は、以下の理由で「保」を「も」と訓んで、「保杼毛友」を「**も
どけども**」と訓む。

　「もどけ」は「もどく」の已然形で、意味は「非難する。批判する。」
である（『古語大辞典』）。家持が、大嬢を非難することである。

　「もどく」は、宇津保物語、源氏物語、枕草子に出てくる。

　　同大辞典によれば、「保つ」は「た持つ」で、「た」は接頭語であ
り、意味は「もちこたえる」とある。すなわち、「保」は、「もつ」で
あって、「も」と訓むことに無理はない。

　　同様の例として、「妹（いも）」が「も」、「面（おも）」が「も」、
「思（おも）ふ」が「もふ」、「守（まも）る」が「もる」と、いずれ
も「も」の上の音が約されて訓まれている。

　　また、万葉集中、「保」を「も」と訓んだ例は他にないが、「畝」
（18番）、「門」（1421番）を、「も」と訓んでいるのも1例のみであり、
他の文字についても1例しかない訓み方は多数あるのである。

家持の娘子に贈る歌3首の一首であるが、相手は不明。

新しい訓

> 　我がやどの　草の上白く　置く露の　**世も惜しからず**　妹に
> 逢はずあれば

新しい解釈

> 　私の家の庭の草の上に、白く置いている露のような、**はかな
> い私の寿命など惜しくはありません**、あなたに逢わずにいます
> ので。

■これまでの訓解に対する疑問

　第4句の原文「**壽母不有惜**」の「**壽**」は、桂本、元暦校本をはじめ諸
古写本は「壽」と明瞭に表記されている。

「壽」は万葉集において「いのち」（命）と訓まれているので、第4句
は「命も惜しからず」と訓めるが、9字の字余りとなる。

　注釈書は、「命」と訓んで字余りを容認する説と、本居宣長が「**壽**」
を「**身**」の誤字としたとする加藤千蔭『萬葉集略解』により、「身」と
訓み字余りを解消する説に分かれている。

　しかし、2字の字余りをそのまま容認することも、いずれの古写本に
も明瞭に「壽」とあるのに、著しく字形の異なる「身」の誤記であると
することも、いずれも納得できない。

■新訓解の根拠

「壽」は、「壽詞」を「よごと」と訓むように「よ」と訓める。日本書
紀・持統天皇4年に「天神壽詞」とある。

　この歌の場合、「よ」は「露の　世も」の「世」である。

「露の世」は、はかない世であり、短い人生、短い寿命を意味する。

　上3句は、「世」を導く序詞であり、家持は自分の家の庭の草に置いている露によって、自分のはかない人生である「世」を導いているのである。

　家持は、あなたに逢わずにいるので、自分のはかない人生など惜しいと思わない、と詠んでいるものである。

　886番歌に「伊能知周疑南　一云　和何余須疑奈牟」（いのちすぎなむ　一云　わがよすぎなむ）とあり、「一云」の「余」の「よ」も「世」の人生のことであろう。

　よって、本歌において「壽」は「よ」と訓み、「世も惜しからず」と訓めば7字となり、字余りの問題など、もともと存在しないのである。

　藤原久須麻呂より、大伴家持が娘の婚約を申し入れられて、報えた歌
3首のうちの一首（他に、また2首と、久須麻呂の歌2首がある）。

新しい訓

　うら若み　花咲きかたき　梅を植ゑて　**人の事重み**　思ひぞ
我がする

新しい解釈

　まだうら若くて花が咲き難い梅の木を植えているように、ま
だ結婚適齢期でない娘を育てており、**あなたが将来に向け求婚
してくれたことは重いので**、私はしっかり心に受け留めていま
す。

■これまでの訓解に対する疑問

　この歌は、題詞から明らかでないが、歌の内容から久須麻呂（藤原仲
麻呂の第二子）が家持に対し、将来家持の娘を妻にしたいとの歌を贈っ
たもの、と思われている。当時、久須麻呂もまだ若く、さらに家持の娘
は結婚適齢期ではなかったことは、本歌の「うら若み　花咲きかたき」
の詞などから窺える。

　ほとんどの注釈書は、第4句の原文「**人之事重三**」の「事」を「**言**」
と訓み、「**噂**」と解することは共通しているが、「重三」を「繁み」と訓
むものと、それでは「人の言繁み」で単独母音を含まない8字の字余り
句となるため、「繁み」の意味で「繁（し）」との詞を想定して、「しみ」
とミ語法により訓むとするものとに分かれている。

　いずれも、何が噂となって繁みなのか、明らかではない。

■新訓解の根拠

「**人之事**」は「人の事」であり、「**事**」**とは久須麻呂の求婚のことであ**る。「事」を噂の「言」と訓むことは、この歌において相応しくない。

　家持は、この歌のつぎにある789番歌においても、「事之通者」（ことのかよへば）と詠んでいるが、この「事」も求婚のことで、噂ではない。

　また、559番歌においても、「事毛無」を「事もなく」と訓んでいる例がある。

「重三」は「おもみ」と訓み、「重し」の語幹に「み」が付いたミ語法である。久須麻呂の求婚を重く受け止めるので、の意。

「思ひぞ我がする」の「思ひ」は、単なる思いではなく、有難く心に刻んでおくの意である。また、「おもみ」に「おもひ」を繋げている。

　当時、久須麻呂の父・藤原仲麻呂は権勢があり、家持が丁重に対応していることが、他の歌からも窺える。

　求婚の話は、内密に進めるもので、人の噂が繁くなるようなことは一般に考えられず、この歌の求婚においても、他の6首から、噂になっていることを窺える内容の歌はない。

「人の事重み」（ひとのことおもみ）は8字であるが、単独母音「お」が入っているので、字余りが許容される。

　大宰府の大伴旅人から、梅花宴の歌などの便りをもらった奈良の知人・吉田宜が旅人に和して贈った歌。

新しい訓

> 後れゐて　己が戀せずば　み園生の　梅の花にも　ならまし
> ものを

新しい解釈

> （奈良の都に）残ったままで、**私が大宰府にいるあなた（旅人）に逢いたいと思わないのだったら**、せめて、あなたが催している梅花宴のお庭の梅の花になれたらよかったであろうものを。

■これまでの訓解に対する疑問

　定訓は第2句の原文「**那我古飛**」を、長い恋の意の「**長戀**」と訓むものである。「いつまでも恋い慕っている」（『岩波文庫　万葉集』）と訳している。そして、注釈書によっては、3193番一云歌「長戀」をその例に挙げている。

　しかし、3193番一云歌のそれは「汝が戀」と訓むべきものと考える。

　本歌は題詞によると、「諸人の梅花の歌に和し奉る歌」とあるので、恋する対象は長くというほどの期間ではない。

■新訓解の根拠

　原文「**那我**」を「**己が**」と訓む。「な」は一人称を指すことも、二人称を指すこともある（『岩波古語辞典』）。

　一人称を指す例として、1741番歌「己之心柄」（ながこころから）が

ある。

　二人称の例としては、前掲3193番一云歌ほか多数ある。

　本歌は一人称の「な」で、「己が戀せずば」と訓む。「が」の表記が「我」である用字は、示唆的である。

　この歌は、結句に「ならましものを」と、反実仮想の助動詞「まし」を用いているので、「**己が戀せずば**」は反実であり、作者の本当の気持ちではないのである。

　作者は、旅人に恋い焦がれていることを、反対の気持ちを表すことにより、すなわち恋い焦がれていないとしても、せめて旅人が催している梅花の宴の庭の梅の花になりたかったと詠うことにより、逢いたい気持ちを強く詠っているのである。

　「梅の花にも」の「にも」は、「せめて」の気持ちを表現している。

　大伴旅人が大宰府から帰京するときの祝宴で、送別の人が詠んだ4首のうちの2番目の歌。

定訓

> **人もねの**　うらぶれをるに　竜田山　み馬近づかば　忘らしなむか

新しい解釈

> 　**送別の宴に集まっている人の胸は**悲しみに沈んだままの状態であるのに、旅人は（京が近い）竜田山に馬が近づいたら、ここにいる人のことを忘れてしまうのでしょうか。

■これまでの解釈に対する疑問

　初句の原文は、一字一音表記で「**比等母襧能**」である。

　多くの注釈書はこの「比等母襧」を「ひともね」と訓んで、未詳とするものもあるが、「**人皆**」と解している。

■新解釈の根拠

「もね」は「むね」の「む」が「も」に音転したもので、「**胸**」のことである。

「む」が「も」と表記されている例は、4329番歌「美毛比等母我母」（みもひともがも）、4422番歌「阿也尓加母襧毛」（あやにかもねも）など防人歌に多数ある。

　大宰府の役人は防人の言葉をよく聞いていただろうし、酒宴であるので、意識的にその方言を用いていると思う。

「うらぶる」という詞は、2465番歌「思ひうらぶれにけり」、2469番歌

「うらぶるる心も深く」と多く、「思ひ」、「心」とともに用いられている。
『古語大辞典』（[田村二葉]）によれば、「胸」に「心」の意があり、「こころ」が心理的・心情的であるのに対して、「むね」は感情の動きに肉体的な苦痛を伴う場合に用いられることが多い、とある。
　本歌において、旅人との別れは単なる悲しみだけではなく、肉体的な苦痛でもあると詠うために「胸」を用いているものである。そして下3句で、それなのに、旅人は都が近づけば、私たちのことをあっさり忘れてしまうのでしょうか、忘れないでください、と詠っているのである。
　つぎの歌にも「胸」が詠まれている。

　　466　（長歌の部分）そこ思ふに　胸こそ痛き　言ひもえず
　　3034　我妹子に恋ひすべながり胸を熱み朝戸開くれば見ゆる霧かも

「もね」を、二文字それぞれ音転した「皆」と解するよりも、一文字の音転である「胸」と解する方が、訓においても、歌の解釈においても、妥当であると考える。

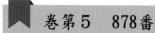

前掲の、旅人送別宴の歌4首のうちの3番目の歌。

定訓

> 　言ひつつも　後こそ知らめ　**とのしくも**　寂しけめやも　君
> いまさずして

新しい解釈

> 　今でも、別れが寂しいと言い続けているけれども、後に君が
> いなくなってから、**全面的に何度も繰り返して**寂しいことだっ
> たのか、と思い知ることになるだろうなあ。

■これまでの解釈に対する疑問
　第3句の原文は「**等乃斯久母**」で、訓は「**とのしくも**」で一致してい
るが、語義および歌意はつぎのように分かれている。

『日本古典文學大系』	全くとか、すっかりとかという意味で（後略）。 〔別解〕あれこれ言いながらも、（あなたの行かれた）後でこそ（淋しさが）しみじみと分るでしょうが、今は、あなたがおいでにならなくとも、全く淋しくなんぞはありませんとも。
『日本古典文学全集』	未詳。少ないの意のトモシの音転かという。 覚悟して言ってはいても　後で思い

中西進『万葉集全訳注原文付』

知られよう　少しだけ淋しいなどというものではあるまい　あなたがいらっしゃらないでは

「との」はタナと同じく全部の意。今も寂しいなどと言ってはいますが、まだ全く寂しいというわけではありませぬ。本当の寂しさは後にこそ湧いて来るでしょう。あなたがお帰りになった後に。

　他の注釈書は、『日本古典文学全集』とほぼ同じ解釈である。

■新解釈の根拠

「とのしくも」の「との」は4011番歌「等乃具母利」および4123番歌「等能具毛理」の「との曇り」の「との」と同じで、接頭語の「**全面に**」の意である。

「しくも」は「頻くも」で、**度重なる**の意。

　したがって、「とのしくも」は、全面的に何度も繰り返して、の意。

　前掲の古典文學大系は「今は、あなたがおいでにならなくとも、全く淋しくなんぞはありませんとも」あるいは中西進著は「まだ全く寂しいというわけではありませぬ。」と訳しているが、今は寂しくないことを詠んでいる歌ではない。

　今はまだ送別の席で、口では寂しいと言っているが、この後、君がいなくなれば、これがどのぐらい寂しくなるか分からないと、覚悟している歌である。

「寂しけめやも」の「やも」は詠嘆を込めた疑問の意である。

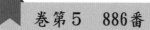

　肥後国益城郡に住んでいた熊凝（くまごり）という青年が、都に憧れて上京するが、路半ばで亡くなったことを詠んだ、山上憶良の長歌である。

新しい訓

> （長歌の部分）
> 　いつしかも　都を見むと　思ひつつ　（中略）　道の隈廻（くまみ）に草手折り　柴取り敷きて　**遂げじもの　うち臥い伏して**　思ひつつ　嘆き伏せらく

新しい解釈

> 　いつの日にかは都を見ようと思いながら（中略）道の曲がり角で草をむしり取り、柴を取って敷いて、**まだ遂げていないもの（都を見ること）を、道端に横になって、**思いながら、嘆いて道端に伏していることだ、

■これまでの訓解に対する疑問

　契沖『萬葉代匠記』が、原文「**等計自母能**」の「**計**」を「**許**」の誤字として、「**等許**」を「**とこ（床）**」と訓んだことに、定訓は従っているものである。

　それは、前句の「草手折り　柴取り敷きて」に誤導されたものと思われるが、「床じもの」の「じもの」は、この歌の末にも「犬じもの」とあるように、生き物について用いられることが多い。

■新訓解の根拠

「**等計自母能**」は原文のまま、「**遂げじもの**」と訓む。

　実は、古写本の多くには「トケシモノ」の訓があったが、それを「解

け霜の」と思い込み、これまで「遂げじもの」と訓める人はいなかったのである。

　熊凝は、病になったので、都に行く志が遂げられないかも知れないとの思いで、路上に横になって伏しているのである。「じ」は打消推量の助動詞。

「遂げじもの」とは、瀕死の熊凝が都に行くことが遂げられないだろうとの切なる思いであり、それを「思ひつつ（意母比都都）」との句に詠んでいるのである。

　注釈書は、「床じもの　思ひつつ　嘆き伏せらく」と訓み、「床のやうにして横たはり伏して、伏しながら嘆き思ふには」（澤瀉久孝『萬葉集注釋』）、あるいは「そこを寝床のようにして臥せって、こんなふうに思いながら嘆き臥したことだ。」（『岩波文庫　万葉集』）と、文脈が重複し不明瞭な訳となっている。

　この長歌の末尾に、「犬じもの　道に伏してや　命過ぎなむ」とあり、犬のように床を敷かないで道に寝たと詠い収めているのに、歌の途中では「床じもの　うち臥い伏して」と、床のようにして寝たと解することは、前後整合せず、それは「床じもの」の訓の不自然であることによるのである。

　誤字説が、またも歌を損ねている例である。

これは、山上憶良の「貧窮問答歌」の一節である。

新しい訓

（長歌の部分）
　糟湯酒　うちすすろひて　**しか吹かひ**　鼻びしびしに

新しい解釈

　（寒いので）酒糟を湯に溶いた貧しい酒をすすりながら飲んで**は、このようにほっとして何度も息をついて、ちょっと得意げに鼻を鳴らして、**

■これまでの訓解に対する疑問
　この部分の、原文は、

　　「糟湯酒　宇知須々呂比弖　**之可夫可比**　鼻毗之毗之尓」

であり、定訓は「糟湯酒　うちすすろひて　**しはぶかひ**　鼻びしびしに」である。
　3番目の原文「之可夫可比」のうちの「之可」の「可」を、定訓は**「巨」の誤字**として、「は」と訓み、「しはぶかひ」と訓んでいるものである。
　「しはぶかひ」は咳をすることと解している。
　しかし、多くの注釈書は、誤字とする理由を明らかにしていない。
　澤瀉久孝『萬葉集注釋』は、3256番歌において「不思人巨」が「思はず人は」と訓まれていることを掲げているが、本歌において、「可」が何故「巨」の誤字といえるのかの説明はない。

■新訓解の根拠

「之可夫可比」を原文のまま、「**しか吹かひ**」と訓む。

「吹かひ」は、「吹く」の未然形「吹か」に、反復・継続の助動詞「ふ」の連用形「ひ」が付いたものである。この長歌においては、直前に「とりつゞしろひ」「うちすゝろひて」と同じように用いられている。

「吹く」は「口や鼻から息を吐き出す。」(『古語林』)で、「吹かふ」はそれを反復・継続すること。

「之可」の「しか」は「然」であり、「(直接にどれと指示するのではなく、相手や自分のまわりの状態を漠然とさし示して)そのように。このように。」(前同)の意。

　したがって、「しか吹かひ」は、「このように、ほっとして何度も息をついて」であり、また、つぎの「鼻びしびし」は「得意になって鼻を鳴らすこと」と解釈する。

　この歌句の後に、「しかとあらぬ　ひげ掻き撫でて　我れをおきて人はあらじと　誇ろへど」と続いているので、憶良は、糟湯酒を飲んで一息つき、一時たりとも心に余裕を感じている心境を詠っているのである。

　定訓のように誤字説まで用いて、糟湯酒の匂いに噎せて咳をして、不快で、余裕のない状態と解釈することは、この後続の歌詞に調和しない。

山上憶良の「好去好来歌」の長歌である。

733年（天平5年）4月出発予定の遣唐大使・多治比真人広成に贈った送別の歌。憶良自身、702年に遣唐少録として入唐している。

新しい訓

（長歌の部分）
　大御神たち　船の舳に　御手打掛けて　墨縄を　はへたる如く　**あてかをし**　値嘉の岬より　大伴の　御津の浜びに

※ルビ：大御神（おほみかみ）、値嘉（ちか）

新しい訓

大御神たちが船の舳に御手を掛けて、墨縄を伸ばしたように**まっすぐに行き先を号令して**、値嘉の岬より大伴の御津の浜辺に、

■これまでの訓解に対する疑問

上掲の「あてかをし」の原文**「阿庭可遠志」**の「庭」の文字について、はっきり分かるのは神宮文庫本、京都大学本、陽明本、寛永版本で、「庭」か「遅」か判定困難であるのは紀州本、西本願寺本、広瀬本である。また、広瀬本以外は「テ」と訓が付されている。

現代の注釈書は、「あちかをし」あるいは「あぢかをし」と訓んで、本居宣長が枕詞と言ったことにより、地名「値嘉」の枕詞としている。

江戸時代の研究者は、分からない詞があると、枕詞とよく言っている。

「値嘉」は、遣唐使船の航路にある五島列島の諸島といわれている。

また、「大伴の御津の浜辺」は、今の大阪の浜である。

■新訓解の根拠

　私は「庭」を原字とし、「阿庭可遠志」を**「あてかをし」**と訓む。

「庭」の漢音は「テイ」であり、略音で「て」と訓む。

「あて」は「宛」で、「見当をつける。ぴったり向ける。」(『岩波古語辞典』)の意。

「遠」の「を」は「う」の音転で、本歌と同巻にある813番長歌において、「遠都豆」(をつつ)が「うつつ(現)」の意に解されている。

　したがって、本歌において「かをし」は「かうし」で、「号(かう)し」と訓む。

「号す」は「唱える」ことである。

「宛号し」は、大御神たちが行き先を号令することである。

巻第5 897番（類例：892番 2903番 3548番）

この長歌は、老いて重い病にかかる辛苦を詠ったものである。
作者名はないが、山上憶良の作ではないかと言われている。

新しい訓

たまきはる　うちの限りは　［謂瞻浮州人壽一百二十年也（せんぶしゅう）］
平らけく　安くもあらむを　事もなく　喪なくもあらむを　世（よの）
間（なか）の　憂けく辛けく　**いとのきて**　痛き瘡（きず）には　辛塩（からしほ）を　注く
ちふがごとく　ますますも　重き馬荷に　表荷（うはに）打つと　いふこ
とのごと　老いにてある　我が身の上に　病をと　加へてあれ
ば（後略）

新しい解釈

〈たまきはる〉人は命のある限りは［瞻浮州人の寿命は120年
というなり］、平穏でありたいと、無事で、喪もなくありたい
と思うものを、世の中の憂きて辛いことは、**現役を退いて、**痛
い瘡に辛い塩を注ぐというように、重い馬荷にさらに荷を載せ
るというように、老境であるわが身の上に、病をと加えてくる
ので、

■これまでの訓解に対する疑問

　冒頭から「喪なくもあらむを」までは、人間生きている間は平穏で
あって欲しいと詠っている。
「世間の」から後の文脈の、例示している二つの辛いことを除くと、つ
ぎのとおりで、世の中の憂きこと辛いことは、老身に病が加わること、
と詠っていることが明らかになる。

　「世間の　憂けく辛けく　いとのきて　（この間に二つの例示）　老
　いにてある　我が身の上に　病をと　加へてあれば」

　しかし、現代の注釈書は、「いとのきて」を、一番目の例示に含まれ
る句として「いとのきて　痛き瘡には　辛塩を　注くちふがごとく」と
訓み、つぎのように解釈している。

　「とりわけ」（『日本古典文學大系』）、「格別に」（『日本古典文学全
　集』、伊藤博訳注『新版万葉集』）、「ひどく」（澤瀉久孝『萬葉集注
　釋』、『新潮日本古典集成』）、「わざわざ」（中西進『万葉集全訳注原
　文付』）、「それでなくても」（『新編日本古典文学全集』）、「特別に」
　（『新日本古典文学大系』、『岩波文庫　万葉集』）

　これらの解釈は、「いとのきて」の「のきて」を無視して「いと」を
解釈しているに過ぎず、かつ「いと」が「痛き」を修飾していると解釈
している点において疑問がある。

■新解釈の根拠
「いとのきて」は「いと」「退きて」の意と解する。「退く」は、「立ち
去る」「離れる」「地位を離れる」（『古語大辞典』）の意があり、本歌の場
合、人が世の中の現役から引退する意である。
「いと」は、すっかり、完全に、の意。
　すなわち、「**いとのきて**」は「**すっかり引退してから**」と解釈する。
　よって、「いと退きて」は「老いにてある」に繋がるもので、この部
分の歌意は、世の中の憂きこと辛いことは、世間を引退してから、（二
つの例示のように）老いにある我が身に病が加わることである、と詠っ
ているものである。
　括弧書きの「瞻浮州人の寿命は120年という」の記述は興味深く、万
葉の時代から、人の命は最高120年であることが知られていたのであ
る。科学・医学の進歩で、1300年の間に、人間の平均寿命は著しく延
びたが、最長寿命の限度は全く延びていないことが分かる。

巻第5　892番

定訓

（長歌の部分）
　いとのきて　短き物を　端切ると　いへるがごとく　しもと
取る　里長が声は　寝屋処まで　来立ち呼ばひぬ

新しい解釈

　すっかり短くなった短い物の端をさらに切るというように、
むちを持った里長が寝床まで来て大きな声で喚いた、

■ 新解釈の根拠

　この歌の場合も、「いとのきて」は単に「とりわけ」（『岩波文庫　万
葉集』）ではなく、「いと退きて」であり、「すっかり後退して、短く
なった」の意で、「短くなった物を、さらにその端を切るというように」
すなわち、庶民の僅かしか残っていない貯えの物から、さらに税を取り
立てる意と解釈すべきである。

巻第12　2903番

定訓

　いとのきて　薄き眉根を　いたづらに　掻かしめつつも　逢
はぬ人かも

新しい解釈

> **すっかり後退して**薄くなった眉を、空しく掻かせていながら、逢ってくれない人であるかも。

■新解釈の根拠

この歌においても、「いとのきて」は単に「格別に」（澤瀉久孝『萬葉集注釋』）ではなく、「いと退きて」は「すっかり後退して」の意である。

眉がかゆくなるのは恋人に逢える前兆とされていたので（562番）、歳のせいか、すっかり後退して薄くなった眉を空しく掻かせていながら、逢ってくれない人であるかも、の意と解釈すべきである。

巻第14　3548番

定訓

> 鳴る瀬ろに　こつの寄すなす　**いとのきて**　愛しけ背ろに人さへ寄すも

新しい解釈

> 川音高い瀬に木屑が寄っているように、**すっかり離れていて**愛しい背子に、他の女までも思いを寄せていることだ。

■新解釈の根拠

この歌の「いとのきて」も、やはり単に「とりわけ」（『岩波文庫　万葉集』）と解釈されているが、「いと退きて」であり、「すっかり離れていて」の意である。自分とはすっかり離れていて愛しい背子に対して、もう他の女が思いを寄せている、と詠っているものである。

　この長歌は「男子、名を古日といふに恋ふる歌」との題詞があり、左注に作者未詳であるが、山上憶良の作風と似ているので登載したとある。幼い愛児を病魔で失った、父親の悲しみを切々と詠っている歌。
　この歌は、３カ所について、新訓解を提唱する。

その1

新しい訓

> 　夕になれば　いざ寝よと　**手を携はり　父母も　上はなさがり**　さきくさの　中にを寝むと　愛しく　しが語らへば

新しい解釈

> 　夕方になって、さあ寝ようと**父母も手を取った以上は**、私から離れないで、〈さきくさの〉私が真ん中に寝ようと、可愛くそなたが言えば、

■これまでの訓解に対する疑問点
「上はなさがり」の原文は、「**表者奈佐我利**」である。
　これに対する注釈書の訓は、「上は勿下がり」（『日本古典文學大系』）、「うえはなさかり」（『日本古典文学全集』）、「上はなさがり」（澤瀉久孝『萬葉集注釋』）、「上は勿放り」（中西進『万葉集全訳注原文付』）と、若干の相違はあるが、その意味は「私のそばを離れないで」と、ほぼ一致している。
　すなわち、「上は」は「そば」、「な」は禁止の助詞、「さがり」は「離れる」ことと解釈している。

■新訓解の根拠

「表」を「うへ」と訓むことは、上記訓例と同じである。

「うえ（上）」には「《係助詞『は』を伴って》……であるからには。……である以上は。」の意がある（『岩波古語辞典』）。

　したがって、「手を携はり　父母も　上はなさがり」は、「父母も　手を携はり　上はなさがり」であるが、父母から離れたくないため、「父母」の語を「なさがり」の近くにもってきているものである。

　「上」を「そば」の意に解する場合は、助詞は「は」ではなく、「を」であるべきである。

その2

　下記の部分が、難訓である。

『於毛波奴尓　横風乃　尓母布敷可尓布敷可尓　覆来礼婆』

新しい訓

> 思はぬに　横風の　入我我入　覆ひきたれば

新しい解釈

> 　思いもしなかったのに、病魔が**何が何だか分からないまま**（古日の体を）覆うようになってきて、

■これまでの訓解に対する疑問

　難訓部分の原文「尓母布敷可尓布敷可尓」について、西本願寺本、京都大学本、陽明本、寛永版本は上のとおりであるが、広瀬本と紀州本は「母」の字は本文になく、横に書き加えられている。

　また、後の「尓布敷可」の4文字附近には、西本願寺本、京都大学本、陽明本には、「四字古本無之」の記載がある。

　現代のほとんどの注釈書は、「四字古本無之」の記載に従い、かつ

「母」を衍字として、原文を「尓布敷可尓」とし、**にふふかに**と訓んでいる。

　しかし、「にふふかに」の語義については、「大風が吹く様」（『日本古典文學大系』）、「未詳。突然にの意か」（『日本古典文学全集』、『新編日本古典文学全集』）、「俄かに、の意か」（『新潮日本古典集成』、伊藤博訳注『新版万葉集』）、そして不明（澤瀉久孝『萬葉集注釋』、中西進『万葉集全訳注原文付』）、未詳（『新日本古典文学大系』、『岩波文庫　万葉集』）などであり、明らかとはいえない。

■新訓解の根拠

　本難訓句の原文に、混乱があることは確かである。

　私は、原文の転写、および試訓の過程で「母」の文字が混入されたものと考え、「母」を原文から除く。

　ところで、仏教語に**入我我入**（にふががにふ）という詞がある。

　本来の意は「仏が自己に入り、自己が仏に入り、両者が一体不二となること。」が、転じて「はっきりわからないこと。うやむやなこと。何が何だかわからないこと。」の意（以上、『古語大辞典』）とされている。

　私は、この歌の作者を憶良と考え、憶良は仏教の知識が豊かな人であったので、吾子の死を哀悼する歌に、この仏教語を用いたと考える。

　したがって、原文は**尓布敷可可尓布敷**であったと推定する。

「尓布敷可可尓布敷」を「尓母布敷可尓布敷可尓」と対比すると、「母」が無く、中ほどにある「可可」の一つの「可」が末尾に移され、さらに「尓」が付加されて「可尓」となっている。それは、「尓布敷可」「尓布敷可」と同じ詞が繰り返されているとの認識から、諸古写本では「可可」の「可」の一つが下に移動され、しかも「尓布敷可」の一つが無いとみると4字となるので「尓」が補われて記載されたものである。

　また、「尓布敷可」「可尓布敷」の表記では「にふふが」「がにふふ」となるが、「ふ」と訓む文字「布」と「敷」の二つを重ねて、「ふ」と訓むことを明らかにしているものである。

　このような表記例は64番歌「暮夕」（ゆうべ）、478番歌「集聚」（つどへ）、2650番歌「不合相者」（あはざらば）などにある。

　したがって、原文は**尓布敷可可尓布敷**であり、すなわち**にふが**

がにふ（**入我我入**）」と訓む。

「横風」の「横」には不正、無理の意があるので、「横風」は病魔を意味している。

「入我我入」は、病魔が古日に入り、古日が病魔に入って、古日と病魔が一体不二であることを表現している。

その3

新しい訓

> やくやくに　**容体尽く惚り**　朝な朝な　言ふことやみ　たまきはる　命絶えぬれ

新しい解釈

> 　段々に（病気の古日は）**容体の限りを尽くして、精力を使い果たした状態になり、**朝毎に言葉を発することもなくなり、〈たまきはる〉命が絶えてしまった。

■これまでの訓解に対する疑問点

　各注釈書は、原文「**可多知都久保里**」の「**都久保里**」を、つぎのように訓解している。

　　「つくほり」と訓むもの
　　　　『日本古典文學大系』　　　　未詳。衰えることか。
　　　　『新日本古典文学大系』　　　未詳。口語訳「面変わりして」は、仮の訳語に過ぎない。
　　　　『新編日本古典文学全集』　　未詳。衰弱変化する、の意の4段動詞か。
　　　　伊藤博訳注『新版万葉集』　　しぼんで勢いがなくなる意か。
　　　　『岩波文庫　万葉集』　　　　語形、語義ともに未詳。口語訳「面変わりして」は、仮の訳語に過

　　　　　　　　　　　　　　　　ぎない。
　「**くつほり**」と訓むもの
　　　澤瀉久孝『萬葉集注釋』　　口譯「衰へ」
　「**くづほり**」と訓むもの
　　　『日本古典文学全集』　　　未詳。くづれの意か。
　　　『新潮日本古典集成』　　　勢いがなくなる意か。
　　　中西進『万葉集全訳注原文付』　崩ほり。

「くつほり」「くづほり」と訓む論者は、諸古写本において一致している「都久保里」の原文を「久都保里」の誤記とする契沖『萬葉代匠記』、加藤千蔭『萬葉集略解』の説に従って訓んでいるものである。

■ 新解釈の根拠
「可多知都久保里」の「**可多知**」は「形」で、容貌、状況の意であるが、ここは、歌の作者は病気の愛児「古日」のことを詠っているので、病気の状態という意の**容体**である。
「**都久**」は「**づく**」と訓み、「名詞につづき、その限りを尽くす、それ次第、その結果などの意を表す。」の接尾語（『岩波古語辞典』）。
「**保里**」は「惚る」の連用形「**惚り**」で、「精神を集中し、精力を使い果たしたような状態をいう。」（『古語大辞典』 語誌 ）。
　したがって、「容体尽く惚り」は、容体の限りを尽くして、精力を使い果たした状態で、の意である。

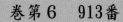
<ruby>車持千年<rt>くるまもちみちとせ</rt></ruby>の作った長歌。

新しい訓

> （長歌の部分）
> 　川の瀬ごとに　明け来れば　朝霧立ち　夕されば　**かはづ鳴**
> **くなへに**　紐解かぬ　旅にしあれば　<ruby>我<rt>あ</rt></ruby>のみして　清き川原を
> 見らくし惜しも

新しい解釈

> 　川の瀬ごとに夜が明ければ、朝霧が立ち、夕方になれば、**か**
> **はづが鳴く折には**、家に帰るまで紐を解かない旅にある私は、
> 一人だけでこの清き川原の光景を見ることは惜しいなあ（と、
> 思う）。

■これまでの訓解に対する疑問

　元暦校本、金沢本、広瀬本、類聚古集、紀州本は「**川津鳴奈瓣**」であ
るが、神宮文庫本、西本願寺本、京都大学本、陽明本、寛永版本には
「川津鳴奈瓣詳」と「詳」が付いている。

　注釈書は、「瓣」の原字を「拝」の誤写とみて、「かはづ鳴くなへ」と
訓むもの（ただし、中西進『万葉集全訳注原文付』は「『拝』〈へ〉は他
例のない仮名。」としている）と、『古葉略類聚鈔』に「奈利」との原字
があるとして「かはづ鳴くなり」と訓むものに分かれている。

■新訓解の根拠

　「瓣」の音は「ヘン」であるが、二音節仮名として「**へに**」と訓む。
　同様の訓み方は、「Ｉ」の１番歌および５番歌で、明らかにしたとお

り。

　本歌の作者・車持千年は、931番歌においても「岸乃黄土粉」（きしの
はにふに）と「粉」を「ふに」と訓ませている。

　したがって、「川津鳴奈瓣」は「かはづ鳴くなへに」と「に」を付加
して8字に訓む。

　多くの古語辞典は、「なへ」は、「一つの動作・状態と同時に、他の動
作・状態が成立することを表す。」（『古語大辞典』）としている。

　それゆえに、「なへ」と訓むと、澤瀉久孝『萬葉集注釋』が指摘する
ように「明けくれば　朝霧立ち」「夕されば　かはづ鳴く」と二つの異
なった情況を一つの「なへ」で受けることになり、疑問がある。
「なへ」であれば「朝霧立つなへ」「川津鳴くなへ」とそれぞれの動
作・状態に「なへ」を付けるべきである。

　しかし、それでは冗長になるので、「添加の接続」の接続助詞「に」
を付け加え「なへに」とすれば、「朝霧立ち」「かわづ鳴く」の二つの情
況が共に添加され、さらに下の情況に続くことになる。

　前述の「川津鳴奈瓣詳」と「詳」を添加して「かはづ鳴くなへと」と
訓んでいる古写本の理由も、「かはづ鳴くなへ」だけでは上述の疑問が
あるため、並立の助詞「と」を加えて解決しようとしたと推定するが、
「瓣」を「へに」と二音節仮名に訓めることを知らなかったからであろ
う。

　なお、8字の字余りの例は、474番歌「おくつきともへば」、2263番
歌「たれをみばやまむ」、2327番歌「みがほしきまでに」、3330番歌
「またもあはぬものは」など、案外多くある。

この歌は、車持千年の長歌の「或本の反歌に曰く」とある歌。

新しい訓

> **千鳥鳴き**　み吉野川の　**音しげく**　やむ時なしに　思ほゆる
> 君

新しい解釈

> **チドリが鳴いて、吉野川の音も絶え間ない**、そんな中で止む
> 時なしにしきりに思われます、君のことが。

■これまでの訓解に対する疑問
諸古写本の第3句の原文および訓は、つぎのように分かれている。

「音成」（おとしけみ）（ヲトシケミ）
　　元暦校本　類聚古集　西本願寺本　京都大学本　陽明本
「音茂」（ヲトシケミ）
　　神宮文庫本
「川音成」（カハドナス）
　　広瀬本
「川音」（かわのおとの）（カハヲトノ）
　　金沢本　紀州本

また、注釈書の訓は、つぎのとおりである。

川音なす　『日本古典文學大系』、『新日本古典文学大系』、中西進
　　　　　『万葉集全訳注原文付』、『岩波文庫　万葉集』

| 川音の | 澤瀉久孝『萬葉集注釋』、『新潮日本古典集成』、伊藤博訳注『新版万葉集』 |
| 川の音の | 『日本古典文学全集』、『新編日本古典文学全集』 |

このように、「川音なす」が多くなり、「しげみ」の訓がない。

■新訓解の根拠

　多くの古写本に「成」の字があるので、これが原文に含まれていたと考えられ、私は**「音成」**を原文と考える。

　「成」は『類聚名義抄』に**「シゲシ」**の訓があるので、「音しげく」と訓む。古写本にも「音成」を「ヲトシゲミ」と訓んでいる例が最も多いのは、「成」に「シゲシ」の訓があったからと考える。

　また、本歌と類似の、つぎの歌が参考になる。

　　526　千鳥鳴く佐保の川瀬のさざれ波やむ時もなし我が恋ふらくは

　千鳥は、本歌のすぐ後の920番歌に、吉野川に「千鳥しば鳴く」と詠われている。

　526番歌も、本歌も、しきりに鳴く「千鳥」と、絶え間ない「さざれ波」あるいは「川の音」を並列して、「やむ時なし」を導いているのである。

　したがって、初句「千鳥鳴」を「千鳥鳴き」と訓む。

「しげく」は、「千鳥鳴く」にも「み吉野川の音」にも響かせているのである。

「川音なす」「川音の」「川の音の」では、「やむ時なし」は川の音だけをうけ、「千鳥鳴く」は単にみ吉野川を修飾しているだけとなり、しきりに鳴く千鳥を初句に詠んでいる作者の歌心が理解されていない。

「思ほゆる君」と詠うこの歌において、人を偲ぶように鳴くとされる千鳥の音が主役であり、川の音ではない。

　山部赤人の長歌に付された反歌。播磨国印南野への行幸に従籠したと
きの歌である。

新しい訓

> 沖つ波　**辺つ波安み**〔やす〕　漁〔いさり〕すと　藤江の浦に　舟ぞ騒ける

新しい解釈

> 　沖の波も、岸辺の波も、**穏やかであるので漁をしようとする**
> 人々の舟が、藤江の浦に動き廻っている。

■これまでの訓解に対する疑問

　第2句の原文「邊波安美」を、中西進『万葉集全訳注原文付』は「辺
波を安み」と訓んでいるが、他の注釈書は「辺波静けみ」と訓んでい
る。

　前掲中西進著は「安美」を「安み」と訓む点において原文に忠実であ
るが、「を安み」の「を」の表記が原文にないのに「を」と訓むもので
不当であり、「辺波安み」では6字の字足らずの句となる。

「辺波静けみ」と訓む定訓は、この字足らずを回避するため、「安」を
義訓の「静けし」として、語幹「静け」と訓んでいるものである。

　しかし、万葉集に「静け」と訓まれている歌は、本歌以外に5首あ
り、1首は一字一音表記であるが、他の4首はすべて「静」の文字で表
記されている。

■新訓解の根拠

「安」は「安し」の語幹「やす」と訓み、「安美」は、それに接尾語
「み」がついたものである。

「安し」には「穏やかである。」(『古語大辞典』)の意がある。

　また、この歌は938番の長歌の反歌で、長歌は天皇の行幸に従籠した宮廷歌人の山部赤人が詠った歌である。

　長歌の歌句に「海人船騒ぐ　塩焼くと　人ぞさはなる」また反歌のこの歌にも「舟ぞ騒ける」と海辺が騒がしいと詠んでいるのであるから、「奥浪　邊波安美」の句を「静けみ」と訓むことは不似合いである。

　もし、波の静けさと浦の騒ぎを対比する趣旨の歌であれば、「ので」の「み」ではなく、逆接の助詞で繋ぐ筈である。

　決して静かではないが、波が「穏やか」であり、人々が安穏であることを、天皇の御代として、讃えている歌句であると考える。前掲中西進著も「間接の天皇讃美」と注釈している。

　なお、「邊波」を「辺つ波」と訓めば、「辺つ波安み」は7字である。

辛荷島を過ぎるとき、山部赤人が作った長歌。

新しい訓

> （長歌の部分）
>
> 　あぢさはふ　**妹が目うち見て**　敷栲の　枕もまかず　桜皮巻き　作れる船に　真楫貫き　我が漕ぎ来れば

新しい解釈

> 　〈あぢさはふ〉妻の目をちょっと見て、〈しきたへの〉共寝もしないで、桜皮巻きをして作った船に、楫を通して、私が漕いで来ると、

■ これまでの訓解に対する疑問

　あぢさはふ（「味澤相」）は「目」、しきたへの（「敷細乃」）は「枕」にかかる枕詞。

　第2句の**「妹目不數見而」**は難訓である。

　古写本の訓には「イモガメシバミズテ」とあるが、字数が9字の字余りである。

　「數」を訓まずに「イモガメミズテ」と訓む説（加茂真淵『萬葉考』）もあるが、従来の定訓は本居宣長が「イモガメカレテ」と訓んだという加藤千蔭『萬葉集略解』に従っているものである。

　「目離れる」の意は「遠く離れて、会わずにいる。」（『古語大辞典』）であるから、注釈書は、この句の解釈を「妻と別れて」（『日本古典文學大系』）、「妻の目に別れて」（澤瀉久孝『萬葉集注釋』）、「妻に別れて」（『日本古典文学全集』）としているが、「別れて」の解釈は正しくない。

　長歌の冒頭のこの部分は、船旅に出る人が、船の補強などに忙しく

129

て、妻と顔を合わす暇がなかったことを詠っているもので、妻と既に別れている状況ではないからである。

「桜皮」は「樹皮を舟など物に巻いて補強するために用いる植物」（『岩波古語辞典』）で、「枕もまかず　桜皮巻き　作れる船に」の句は、妻と共寝をする暇もなく船を補強したことを詠っているものである。

「枕もまかず」の「まく」は「桜皮巻き」の「巻き」を導いている。

　この長歌のこの部分までは、歌の作者は妻と別れているわけではないので、「目離れる」の訓は誤りといえる。

■新訓解の根拠

「**不數見而**」の「**不數**」は「しくしくでない」の意であるから、「**うち見て**」と訓む。

「數」は、2735番歌に「數妹乎」（しくしく妹を）と、「頻く」と訓まれているので「不數見」は「頻繁には見ない」意に解することができる。

「うち見」の意味は、「一瞬見る。ちらっと見る。」（同前）であるから、「不數見」の訓に相応しいものである。なお、「うち見」の例は1645番歌に「降る雪を　梅の花かと　うち見つるかも」とある。

「妹が目うち見て」は8字であるが、句中に単独母音「う」音が入っているので、字余りが許容される。

　船出の前、船の補強に時間を取られ、妻と十分顔を合わすこともなく、共寝もできなかったと詠っているものである。

　定訓のように「妹目不數見而」を「妻と別れて」と訓解すると、妻と別れた後に共寝せず、桜皮巻きして作れる船に、との歌意になるが、桜皮巻きして船を補強するのに妻と別れる必要もなく、また別れた後は共寝しないのは当然のことで、歌意が不自然となる。

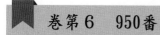

　728年、聖武天皇が難波宮に行幸したとき、笠金村か、車持千年かが詠んだ歌。4首のうちの1番目の歌。

新しい訓

> 　大君の　境ひたまふと　**山守居る**（やまもりうる）　守るといふ山に　入らず
> はやまじ

新しい解釈

> 　大君が境界を示されて**山守がいる**、禁域といわれる山にも、入らないではいられない。

■これまでの訓解に対する疑問

　第3句の原文「山守居」に対して、元暦校本、類聚古集などには、「やまもりゐ」と訓が付されている。

　鎌倉時代の仙覺が「スヱ」と訓んで以来（澤瀉久孝『萬葉集注釋』）、それにより、現代の注釈書も「**山守据ゑ**」が多いが、近年「**山守置き**」の訓もみられる。

　それは、「山守据ゑ」では単独母音を含まない6字の字余りになるため、「居」に「オク」の訓がある『類聚名義抄』により、単独母音を含む6字で「山守置き」と訓むものである（『岩波文庫　万葉集』）。

■新訓解の根拠

「居」を「う」と訓むことは、どの古語辞典にも掲載されている。「ゐる」の古形で、「いる」「座る」の意がある。

　万葉集に、1912番歌「雖立雖座」（たつともうとも）がある。

　950番歌においては、「う」の連体形の「うる」と訓み、「山守居る」（やまもりうる）

で、「山守がいる、守るという山に」と解釈する。「やまもりうる」は6字であるが、単独母音「う」が入っているので、字余りは許容される。「守る」が詠われた、つぎの歌がある。

　　3122　心なき雨にもあるか人目守りともしき妹に今日だに逢はむを

　この歌の「守り」は、「すきをうかがう。（人目を）はばかる。」（『古語大辞典』）の意である。
　したがって、本歌は寓意のある歌で、天皇以外の男が近づくことを禁じられている女（采女）であっても、すきをうかがい逢わずにはいられないと、「守る」に裏の意味を籠めて詠っているのである。
　宮廷歌人の作者が、宮中の采女のことを、行幸中に戯歌として詠んだものであろう。

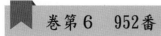

前掲歌4首のうちの、3番目の一首。

これまでの訓の一例

> 韓衣（からころも）　着（き）ならの里の　**島松に**　玉を為（し）付けむ　よき人もがも

新しい解釈

> 唐衣を着慣れるという、慣れ親しんだ奈良の里の、私の家の
> **庭（山斎（しま））の松の木に、待っているので**誰か玉を付けてくれる
> 良き人（男性）がほしいなあ。

■これまでの訓解に対する疑問

　第3句の原文「嶋待尓」について、「嶋」を「嬬」の誤字として、『日本古典文学全集』、『新日本古典文学大系』および『岩波文庫　万葉集』は「妻まつに」、澤瀉久孝『萬葉集注釋』および『新編日本古典文学全集』は「つま松に」、『新潮日本古典集成』および伊藤博訳注『新版万葉集』は、「夫松（つままつ）に」と訓んでいる。

　これに対し、『日本古典文學大系』および中西進『万葉集全訳注原文付』は、原文どおり「島松に」と訓んでいる。

　すなわち、「嬬」とする誤字説が多数であり、定訓の観があるが、原文のとおりの訓も存在している。

■新訓解の根拠

　この歌は、行幸時の宮廷歌人の歌であるが、天皇に代わって詠った歌、あるいは天皇に奉げるために詠われた歌ではなく、個人的な歌である。

前掲950番歌および本歌のほか、つぎの２首がある。

　　951　見わたせば近きものから岩隠りかがよふ玉を取らずはやまじ
　　953　さを鹿の鳴くなる山を越え行かむ日だにや君がはた逢はざら
　　　　む

　この４首は、難波宮への行幸に従駕した男女間の相聞歌として詠まれ
ている。
　950番歌の禁制の山であっても女と逢うという男の歌に対して、953
番歌は女の立場で、牡鹿が妻恋しいと鳴く声が聞こえる山をゆく日だっ
て、もしかして、あなた（男）は逢ってくれないのでしょう、と応えた
歌。
　同様に、男の歌である951番歌は「かがよふ玉」に美女を譬え、見渡
せば近くにいるが、岩に隠れていて、とり難い玉でも手に入れずにはお
れないと詠った男に対し、952番歌は、女が慣れ親しんだ奈良の里にあ
る庭の松に、玉を作り付けてくれる人（男）を待っているので、よい男
がいてほしい、と応えているものである。
　「**着なら**」の「なら」に「**奈良**」、および「**松**」に「**待つ**」をそれぞれ
掛けている。
　第４句の原文である「**師付**」（しつ）の「し」は強調の助詞の「し」
ではなく、「為付く」であり、「作り付ける」（『古語大辞典』）の意。
　女のいうこの「玉」とは、「幸運」のこと、すなわち男の「求愛」で
あり、「玉」は求愛の「玉章」（手紙）のことをも意味し、玉章を「松」
に結んでくれる男を「待」っていると詠んでいるのである。
　現代でも、「玉の輿に乗る」と使われるが、それは「女が結婚して、
急に金持ちや高い身分になることをいう。」（『広辞林』）の意である。
　さすがに、宮廷歌人の歌で、４首とも相当に技巧的である。

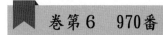

　この歌は、731年「大納言大伴卿の、寧楽（なら）の家に在りて、故郷を思ひし歌2首」との題詞がある、大伴旅人の歌である。なお、旅人は同年7月25日（大陽暦では9月上旬）に亡くなっている。

　初句に定訓がない、難訓歌である。

　　指進乃　栗栖乃小野之　芽花　将落時尓之　行而手向六
　　　（くるすのおのの）（はぎのはな）（ちらむときにし）（ゆきてたむけむ）

新しい訓（旧訓）

> 　**さし過ぎの**　栗栖の小野の　萩の花　散らむ時にし　行きて手向けむ

新しい解釈

> 　**年月が過ぎて行った昔に**暮らし巣立った「栗栖」の小野の萩の花を、（もう見に行けないだろうが）私の命が散ってしまうだろうときに霊となってもう一度訪れ、自分の旅立ちに、そこの萩を神に供えたい。

■これまでの訓解に対する疑問
　注釈書の「**指進乃**」の訓と、一首の解釈はつぎのとおり。

　　さしずみの　『日本古典文學大系』
　　　栗栖の小野の萩の花が散る時になってから、行って手向けることになるだろう。
　　訓義未詳　『日本古典文学全集』
　　　（指進乃）栗栖の小野の　萩の花が　散るころには　行ってたむけをしよう

さしすみの　澤瀉久孝『萬葉集注釋』
　　栗栖の野の萩の花の散らう時に出かけて神に手向けをする事で
　　あらう。
さすすみの　『新潮日本古典集成』
　　栗栖の小野の萩の花が散るころには、きっと出かけて行って神
　　祭りをしよう。
訓を付さず　『新編日本古典文学全集』
　　（指進乃）栗栖の小野の　萩の花が　散る頃になったら　行っ
　　て手向けをしよう。
訓を付さず　『新日本古典文学大系』
　　（指進乃）栗栖の小野の萩の花が散る頃にこそ、行って手向け
　　をしたいものだ。
さしずみの　中西進『万葉集全訳注原文付』
　　指進の栗栖の小野に萩の花が散るだろう頃には、故郷に行って
　　神祭りをしよう。
さすすみの　伊藤博訳注『新版万葉集』
　　栗栖の小野の萩の花、その花が散る頃には、きっと出かけて
　　行って神祭りをしよう。
訓読できない　『岩波文庫　万葉集』
　　（指進乃）栗栖の小野の萩の花が散る頃にこそ、行って手向け
　　をしたいものだ。

　　以上、全ての解釈は、旅人が病床から再び元気になることを想定して
いるが、そうであれば、早く元気になって萩の花の咲いているのを見に
行きたい、と詠うのが普通であろう。
　　また、「萩の花　散らむ時にし　行きて」を、「萩の花」の「散らむ」
とつなげて解釈し、「花が散るだろう時」に見に行きたいとの解釈は、
通常ではないのに、そのまま解釈し、「萩の花　散らむ時にし　行きて」
の歌句の真意を全く理解していない。

■新訓解の根拠
　　大伴旅人は、この歌を詠んだときは、既に重篤の身で病床にあったも

のである。旅人の従僕、資人余明軍のつぎの歌が、それを語っている。

455　かくのみにありけるものを萩の花咲きてありやと問ひし君は
　　　も

「**指進乃**」は、つぎの句の「栗栖」（くるす）の「暮る」に繋げている
と考えるので、古写本の訓にある「サシスギノ」、すなわち「さし過ぎ
の」を採る。

　なお、万葉集に「進」を用いている歌において、「ススム」と必ずし
も訓んでいないことは、「Ⅰ」の381番歌の解釈で述べたとおりである。
「さし過ぐ」は、程度が過ぎることを意味し、この歌の場合は旅人が人
生を振り返って、あまりにも日々が速く過ぎて行ったことを表現してい
る。

「栗栖」は旅人の故郷にある地名だと推察するが、「栗」の「くる」に
「暮る」、「栖」の「す」に「巣」を響かせて「生まれ暮らして」「巣立ち
した地」のことをもいっている。

　また、「**萩の花　散らむ時にし　行きて手向けむ**」の歌句は、尋常で
はない。

　通常は、萩の花が咲いている間に行って、花を手向けむと詠むもの
で、「散ってしまうだろう時に」、しかも強調の「し」を付けてまで詠む
ことは、余程の思いが籠もった表現とみなければならない。

　それは、故郷の栗栖の小野の萩を、今一度見たいと思うが、それも叶
わないことを悟り（資人余明軍の歌を参照）、「花の散る」に自分の死を
掛けて、自分の死がやってきて霊となるときに、霊としてそこを訪れ、
まだ残っている萩の花を手折って神に供え、あの世への旅路が安らかな
ことを祈りたい、との思いを詠んでいるものである。

「Ⅰ」の147番歌で述べたように、この時代の人は、肉体が滅びる前
に、霊が肉体から遊離すると考えていたのである（このことを知らない
と、旅人の思いは理解できない）。

「散らむ時にし」には、間もなく自分の生命が散ること、霊が遊離し
て、小野の萩を霊となって見に行くとの思いが籠められているのであ
る。

功成り名を遂げ、天寿を全うしようとしている旅人であるが、臨終の間際にまで、執着した故郷への思いを、霊となっても訪れたいと見事に詠いあげた歌である。

「湯原王月歌」と題詞のある２首のうちの一首。

定訓

> はしきやし　間近き里の　君来むと　**おほのびにかも**　月の
> 照るなり

新しい解釈

> 素晴らしいことだなあ。近くの里に住んでいる君がやって来
> るだろうと、月は**はなはだ遅くにか**、照り出したのだなあ。

■これまでの解釈に対する疑問

　第４句の原文「**大能備尓鴨**」を「**おほのびにかも**」と訓むことは一
致しているが、その解釈において、『日本古典文學大系』は、「ノビニ
は『伸ぶ』の連用形にニの添った形か。のびのびとしての意か。大野辺
と解する説もあるが、野はノ甲類、原文の能備の能はノ乙類で一致しな
い。」「この歌、歌意とらえがたい。」と注釈している。

　また、『日本古典文学全集』は「この大伸ビも、月までも君の訪れを
待ちかねて照らしている、の意に解しておく。ただし、伸ビのノの甲乙
は不明。」としている。

　その他、澤瀉久孝『萬葉集注釋』は「大野の邊りに」、『新潮日本古典
集成』は「くまなく」、『新日本古典文学大系』は「のびのびと」、『新編
日本古典文学全集』は「いかにものんびりと」、中西進『万葉集全訳注
原文付』は「隈なく」、伊藤博訳注『新版万葉集』は「こんなにもあま
ねく」、『岩波文庫　万葉集』は「のんびりと」と、それぞれ多彩に訳し
ている。

　すなわち、「おほのびに」の解釈は定まっていない。

■新解釈の根拠

「おほのびに」の「おほ」の原文は「大」であり、「程度がはなはだし
い意を表す」接頭語（『古語大辞典』）である。

「のび」は「延ぶ」の連用形で、「遅くなる。延引する。」の意（同前）。

　よって、「おほのびに」は、**「はなはだしく遅くに」**で、この歌におい
ては、月の照り出したのが、通常より遅いということである。

　近くに住んでいる人は、家を遅く出ても歌の作者のこころへ到着でき
る。それゆえ、月もそのことを知っているかのように、それに合わせて
遅く照り出したのだなあ、と詠っているものである。

　言うまでもないことであるが、万葉の時代、夜に移動するには、月明
かりが必要だったことを念頭に置かなければ、この機知に富んだ歌は理
解できない。

　なお、最末尾の「有」を多くの注釈書は「たる」と訓んでいるが、歌
趣を考えると**「月の照るなり」**の方がよい。

この歌は「市原王が宴で父安貴王を祷く歌１首」との題詞がある。

天智天皇 —— 志貴皇子 —— 春日王 —— 安貴王 —— 市原王と続く家系。

新しい訓

春草は　**後は散り替ひ**　巌なす　常盤にいませ　貴き我が君

新しい解釈

春草である父は、**将来その葉が散ってもまた春草に替わり、**大きな岩のように、いつまでも生きてください、大切なわが父君。

■これまでの訓解に対する疑問

「祷く」は、「良い結果が得られるように、祝い言を唱える。また、神に祈る。」(『古語大辞典』)こと。

したがって、この歌は市原王が父親の長寿を祷いだ歌である。

初句の「春草は」は安貴王の若さを表現している。

第２句の原文「後波落易」の「易」を「やすい」ではなく、「かわる」の意に解し、加藤千蔭『萬葉集略解』が「うつろふ」と詠んだことに、多くの注釈書は従っている。

もっとも、『新日本古典文学大系』は「易」の字は「遏」の誤字として「散り過ぐ」、中西進『万葉集全訳注原文付』は「ウツロフは花を主とする。」として「かはらふ」とそれぞれ訓んでいる。

しかし、いずれに対しても二つの疑問がある。

「落易」を「うつろふ」と訓むことは、「落」の語義を訓んでいない。

また、第２句が「後はうつろふ」、「後は散り過ぐ」、「後はかはらふ」では、二句切れとなり、第３句の「巌なす」に繋がらないことである。

「**易**」を「かふ」の連用形「**かひ**」と訓む。

『古語大辞典』に「か・ふ【交ふ・替ふ・易ふ】の意として、（動詞の連用形に付いて）相互に……になる。」とある。

「落」の文字の成り立ち（解字）は、「艸＋音符洛ラク」の形声文字で、植物の葉がぽろりとおちること（『学研漢和大事典』）である。

　したがって、第2句「後波落易」は「後は散り替ひ」と訓む。

　春草である父親は、葉が落ちてもまた春草に生き替わり、大きな岩のようにいつまでも生きて欲しいとの気持ちを、「易」の字を用いて表現している歌である。

「湯原王打酒歌1首」の題詞があるが、従来、この「打酒」の意味が不明とされている。

　私は、「(碁、すごろく、賭博など) 勝負事をする。」ことを打つという (『旺文社古語辞典新版』) ので、相手と向かい合って酒を飲むことを「打酒」と言ったと思う。

定訓

> 　焼太刀の　**かど打ち放ち**　大丈夫の　禱く豊御酒に　吾酔ひにけり

新しい解釈

> 　〈焼太刀の〉**鋭い角を互いに取り払い**、男たちが、祝い酒をさしつさされつ飲んだので、私は心地よく酔いがまわったことよ。

■これまでの解釈に対する疑問点

　第2句の原文は**「加度打放」**であるが、すべての注釈書は「加度」の「かど」を初句の「焼太刀」の「鎬 (しのぎ)」あるいは「剣先」のこと、すなわち焼太刀の部分の名称と解している。

『岩波文庫　万葉集』は「稜打ち放ち」と訓み、「酒宴の席上で刀の鎬を打ち合う祝言の儀礼が行われたのかも知れない。」と注釈しており、他の注釈書もほぼ同旨である。

　しかし、私は「かど」は太刀の部分の名称ではないと考える。

■新解釈の根拠

「加度」は「角」の「かど」で、角は「刀のしのぎ」のことについても

言う（『岩波古語辞典』）ので、「**焼太刀の**」は「角」にかかる**枕詞**。

「**角**」は、「人の性格の鋭敏で、きつい所のあること。円満でないこと。人と和合しないこと。」（『古語大辞典』）である。

　今でも使われる「角が取れる」「角が立つ」の、「かど」のこと。

「打ち放ち」の「うち」は接頭語、「放ち」は取り払うの意である。

　平安初期の『東大寺諷誦文稿』に「内の言も知らず、外の言も知らず、才もなく、方〈カト〉もなき者も天明ぞ」（前同）の「カト」は上記「かど」の意である。

　碁やすごろくにおいて、対戦相手と交互に行うことを「打つ」と言っているが、酒も酒杯を交互に相手に差し出し「さしつさされつ飲む」ことを「打つ」と言ったものである。

　このように、大丈夫を相手に祝い酒を打酒していると、相手の角も取れて、打ち解けあい、よい気持ちに酔いがまわったと詠んでいるものである。

大伴坂上郎女が親族と宴する歌。

新しい訓（旧訓）

> かくしつゝ　**遊び飲むとも**　草木すら　春は生ひつゝ　秋は
> 散りゆく

新しい解釈

> 　このように人間は**気楽に酒を飲んでいても**、草木でさえ春は
> 生えて、秋は散って枯れてゆくという（栄枯盛衰があるのだか
> ら、人生の盛衰は避けがたいものだ、くよくよせずに飲みま
> しょう）。

■これまでの訓解に対する疑問点

　定訓は、第2句の原文「**遊飲與**」の「與」を、希求の助動詞「**こそ**」
と訓んでいるものである。

　しかし、546番歌で既述したように「與」を「乞」の通用字とするこ
とには無理がある。定訓は、「與」を546番、1965番、1973番、2000番
などの各歌においても「こそ」「こせ」と訓んでいるが、他の訓み方を
すべきことは、それぞれの歌において述べるとおりである。

　なお、諸古写本は「とも」の訓が付されており、『類聚名義抄』に
「與」に「トモニ」の訓みがある。

■新訓解の根拠

　本歌の「與」は、諸古写本と同様に「とも」と訓む。
「とも」は「既定の事態を仮定条件として表現し、以下に述べる意志・
推量などの気持ちを強調する。」（『古語大辞典』）接続助詞である。

上２句の「かくしつゝ　遊び飲む」こと、その既定の事態を仮定条件として「人生の盛衰は避けがたいもの」と推定して、強調している。

　定訓のように、「遊び飲みこそ」と訓むと、遊び飲むことを積極的に希求していることになるが、この歌は親族が集まってすでに自然と打ち解けて遊び飲むようになっている状況を、好ましいものと許容して「かくしつゝ」と詠っているもので、希求しているものではない。

類　例

巻第12　2858番

「寄物陳思」の歌。

新しい訓

> 妹に恋ひ　寝(い)ねぬ朝(あした)に　吹く風は　妹に触れなば　**吾ともに触れ**

新しい解釈

> 妹を恋い、よく寝れなかった朝に吹く風は、妹に触れたのならば、**私にも共に触れてくれ**。

■これまでの訓解に対する疑問点

　諸古写本の結句の原文は、「**吾與經**」のほか、神宮文庫本、細井本、寛永版本は「吾共経」、紀州本は「与経吾」であり、付訓は「ワレトフレナム」が最も多く、「ワレトモニヘム」「ワレトモニヘシ」と続く。

　注釈書の訓は、つぎのように分かれている。

　　『日本古典文學大系』　　　われさへに觸れ
　　　　　　　　　　　　　　　「与」を「さへ」と訓む理由を説明
　　　　　　　　　　　　　　　していない。

『日本古典文学全集』	我(わ)にも触れこそ
澤瀉久孝『萬葉集注釋』	吾と觸れなむ
	「与」を「と」と訓んでいる。
『新潮日本古典集成』	我れさへに触れ
	「さへに」と訓む理由を説明していない。
『新編日本古典文学全集』	我(わ)にも触れこそ
	「吾与経」の「与」は「夢見与」(2842番)のそれを上置したもの。
『新日本古典文学大系』	我にも触れこそ
	希求表現「こそ」を返読表記した万葉集に唯一の例（後略）
中西進『万葉集全訳注原文付』	わがむたは触れ
	細井本の「共」を正字として「むた」と訓んでいる。
伊藤博訳注『新版万葉集』	我れさへに触れ
	「さへに」と訓む理由を説明していない。
『岩波文庫　万葉集』	我(わ)にも触れこそ

　このように、「我(わ)にも触れこそ」の訓が比較的多いが、「經與」を「触れこそ」と訓む理由が、なお不審である。同様に多い「我れさへに触れ」は、「与」を「さへ」と訓んでいるが、理由を説明しないものばかりである。

■新訓解の根拠
「与」には、前掲995番歌で述べたように「ともに」の訓がある。
　したがって、「吾與經」は「われともにふれ」と訓むのが自然である。「經」は「触る」の借訓仮名で、「触る」の命令形「触れ」である。

　左注によると、この歌は、住吉の浜を遊覧して宮に帰るときの道で、守部王が作った応詔歌とある。

　第４句に定訓がなく、難訓歌である。

従千沼回　雨曾零來　四八津之泉郎　**網手縄乾有**　沾將堪香聞
ちぬみより　あめぞふりくる　しはつのあま　　　　　　　　ぬれあへむかも

新しい訓

　　千沼廻より　雨ぞ降り来る　四極の海人　**網たな乾たり**　濡
れあへむかも

新しい解釈

　　千沼のあたりから雨が降ってくるぞ、四極の海人たちの**網は
すっかり乾いているのに、濡れてしまわないかなあ。**

■これまでの訓解に対する疑問点

　第４句「**網手縄乾有**」の３番目の文字について、元暦校本および紀州本は「縄」、京都大学本および寛永版本は「綱」、その他類聚古集、広瀬本、神宮文庫本、西本願寺本および陽明本は糸偏の文字であるが、字形は定かではない。

　澤瀉久孝『萬葉集注釋』は、第４句の２番目の文字は「乎」であったものが「手」に誤写されたために「綱」が誤入されたとして「**網を乾し
たり**」と訓み、『新潮日本古典集成』、伊藤博訳注『新版万葉集』、『新日本古典文学大系』および『岩波文庫　万葉集』も、同様に訓んでいる。

　このほか、『日本古典文學大系』および『新編日本古典文学全集』は原文を「網手綱乾有」として「あみてづなほせり」、『日本古典文学全集』は原文を「網綱乾有」として「あみつなほせり」、中西進『万葉集

全訳注原文付』は原文を「網手乾有」として「あみてほしたり」とそれ
ぞれ訓んでいる。

　いずれの古写本にもある「手」の訓み方が分からないことが原因で、
衍字や誤字として、様々な訓が提案される結果となっているものであ
る。

■新訓解の根拠
　第４句の３番目の文字について、前述のように元暦校本および紀州本
の原文は「縄」であること、多くの古写本に「ナハ」または「ナワ」と
いう訓があるので、原文として「縄」を採用し、私は「網手縄乾有」を
「網たな乾たり」と訓む。

　すなわち、「手」を「た」、「縄」を「なは」の仮名の一部を略訓「な」
として訓み、「手縄」を「たな」と訓むものである。「たな」は、「たな
曇る」「たな知る」の「たな」で、「すっかり、十分に」の意（『古語大
辞典』）。

「乾」は「ひ」と訓み、乾燥しているの意の「ふ」の連用形。

「有」は、完了の助動詞「たり」である。

　歌の作者・守部王が、千沼の方から雨がやってくるのを発見して、浜
にある漁網がすっかり乾いているのに、取り入れに間に合わず網を雨に
濡らしてしまうかも知れない、と心配して詠っているものである。

　降ってくる雨に「濡れあへむ」と詠っているので、網が既に乾いてい
る認識が前提となっている。網は、もともと濡れているものであるか
ら、作者が網は乾いていることの認識がなければ、このような歌は詠ま
ないもので、多くの注釈書のいう単に干されているとの認識・表現では
ない。

　736年「冬12月12日、歌儛所の諸王臣子等、葛井 連 広成の家に集ひ
て宴せし歌2首」のうちの一首。

新しい訓

> 　我が宿の　梅咲くなりと　告げ遣らば　来と言ふに似たり
> **散りぬそもよし**

新しい解釈

> 　我が家の梅が咲いていますと、人に告げてやれば、見に来て
> 下さいと言ったと同じようなものだ、**梅の花が散るようになっ
> ていても、それもまた（風情があるから）よい。**

■これまでの訓解に対する疑問
　第4句までの歌意は、「自分の家の梅が咲いたと他人に告げて遣った
ら」で、これ以外に解釈はない。
　ところが、第4句までをこのように言っておきながら、結句の原文
「散去十方吉」を定訓は**「散りぬともよし」**と訓んで、「散ってしまって
もよい」と解釈しているが、一首の歌として、いかにも変である。
　この歌には、前掲題詞のほかに、長い前文があり、風流のある者がい
たら、古歌に和えよ、との旨の記載があるのであるから、このような風
流のない歌を詠むだろうか。
　これに対する、現代の歌儛所の諸公というべき職業専門家の見解は、
つぎのとおりである。

　　『日本古典文學大系』　　　　　いや（おいで下さるなら、花は）
　　　　　　　　　　　　　　　　散ってしまってもいいのです。

『日本古典文学全集』	告げてやったら、来て欲しいというようなものだ、それもはしたないから告げるのをやめよう、梅よ散ってしまってもかまわぬぞ、の意。
澤瀉久孝『萬葉集注釋』	だからもう散ってしまはうともかまはない。
『新潮日本古典集成』	投げやりな言い方で、本心は来訪をうながす歌。
『新編日本古典文学全集』	もう散ってもかまわぬ。
『新日本古典文学大系』	もう散ってしまってもよい。
中西進『万葉集全訳注原文付』	来て欲しいと思いつつ、散ってもよいという心の軽さに風流がある。
伊藤博訳注『新版万葉集』	梅の花なんぞ散ってしまってもかまいはしない。
『岩波文庫　万葉集』	来てくださるのだから、もう散ってもよい、という意であろう。

いずれも、風流や歌心を全く感じさせない見解である。

■新訓解の根拠

　結句の「**十方**」は「**そも**」と訓む。「散りぬそもよし」である。
「散りぬともよし」と詠んでいる、821番歌は「知利奴得母與斯」、
1656番歌は「落去登母與之」は、明らかに「と」である「得」あるい
は「登」により表記されている。

　この歌においては、「十」を「そ」と訓むが、その例は、264番歌
「八十氏河乃」（やそうじかわの）、572番歌「眞十鏡」（まそかがみ）、
2650番歌「十寸板持」（そきいたもち）などにある。

　「そも」は接続詞で「上を指して、下を説き起こすのに用いる語」で
「それも」の意（『古語大辞典』）。

　また、「散りぬ」を、多くの注釈書は「散ってしまって」と解釈して
いるが、誤りである。

「散りぬ」の「ぬ」は完了の助動詞であるが、「『夏は来ぬ』といった場合、それは『夏が来ることが過去の事柄として終わってしまった』のではなく、『今その時点から夏という状態が実現・発生した』ことを示すのである。」（『古語林』）であるように、「梅の花が散り終わる」の意ではなく、「梅の花が散るようになる」の意である。

　したがって、結句の歌意は、「（告げて遣った相手の人が来たとき）梅の花が散るようになっていても、それもよいものです」と詠っているものである。

　梅が咲いたと連絡を受けた人が、すぐに来れなくて、梅の花が散り始めていても、それも落花の風情がある、と詠っているものである。

　落花に風情を感じない人には、この歌は訓解できない。

　本歌においても、「有」を定訓は「たり」と訓んでいるが、断定の助動詞「**なり**」と訓み「梅咲くなりと」と訓むことが相応しい。

この歌は前掲の2首の歌の、他の一首である。

新しい訓

春去れば　**を折りにを折り**　鶯の　鳴く我が山斎ぞ　やまず
通はせ

新しい解釈

春になれば、**折々に**、鶯がやって来て鳴く我が家の庭園で
す。皆様も、絶えず（折々に）訪れてください。

■これまでの訓解に対する疑問点

第2句の原文**乎呼理尓乎呼里**を、定訓は「ををりにををり」と訓
んで、注釈書も平仮名でそのように訓んでいるが、ほとんどの注釈は、
「花や葉が多いために枝のたわむこと」（『古語大辞典』）の意に解釈し、
「撓りに撓り」の訓に解している。

『岩波文庫　万葉集』は、「たわみにたわむほど梅の花が咲き」と訳し
ているが、花が咲き、鶯がやって来るころの梅の木の状態を、「花や葉
が多いために枝のたわむ」ほど咲くとの表現は相応しくない。

もともと、本歌においては、梅もそのほかの植物も詠われていない。

■新訓解の根拠

「ををりにををり」は、「折りに折り」の各「折り」の前に「を」を付
けたもの。「をりにをり」の「～に～」の表現は「をりをり」を強調し
ているが、さらに、「をり」に「を」を冠して一句の声調を整えている
ものである。

この「折りに折り」は、鶯が春になると、我が家の庭に折々に来て鳴

くことと、結句の「やまず通はせ」に繋げている。

　すなわち、鶯が我が家の庭に折々来て鳴くように、皆様も我が家の庭に折々来てください、という歌趣である。

「島（山斎）」は木がある庭であるので、「ををり」は注釈書の解釈のように、庭木が撓むことをも響かせているが、この歌においては、それが主たる技法ではない。

　庭木が撓みに撓んでいるから、止まず通はせと言っているのであれば「春去れば　ををりにををり　我が山斎ぞ　鶯の鳴く」と「ををりにををり」のすぐ後に「山斎」がくるべきであるが、そうではなく、鶯が主体で、鶯が折々に来ているから、皆様も折々に通わせと詠んでいるのである。

この歌は、弾正 尹門部 王 の家に集いて宴をしたときに詠われた、
主人門部王のつぎの一首に対して、榎井 王 が後に追和した歌である。

　1013　あらかじめ君来まさむと知らませば門に宿にも玉敷かましを

定訓

> 　玉敷きて　待たましよりは　**醋そかに**　来たる今夜し　楽し
> く思ほゆ

新しい解釈

> 　宴の始まる前に玉を敷いて待っているときの楽しさより、も
> う来ないかと思い、**宴を始めていたら、その盛りに**（「遅く
> なってすまん、すまん」と）君が来た今夜は、特に楽しく思わ
> れることよ。

■これまでの解釈に対する疑問点

　1015番歌の第3句の原文は「**多鶏蘇香仁**」であり、「**たけそかに**」と
訓むことは古来一致している。しかし、その語義については、他に用例
がなく未詳とされており、注釈書はつぎのように注釈している。

『日本古典文學大系』	語義未詳。不意にの意であろう。他に用例がない。ソカは、オロソカ・オゴソカのソカに同じであろう。
『日本古典文学全集』	未詳。不意に、の意かといわれるが、ソカはオロソカと共通し、タ

	ケは猛シと関係があるかもしれず、乱暴に、無遠慮に、の意とも考えられる。
澤瀉久孝『万葉集注釋』	この語ここにのみあつて他に見えなく語義未詳であるが、不意にとか、突然にとかいふやうな意味の語である事は認められる。
『新潮日本古典集成』	「おろそかに」などと同じ語構成で、「たけ」は猛、無遠慮などの意かともいうが未詳。
『新編日本古典文学全集』	未詳。原文に「多鶏蘇香仁」とあり、その鶏は甲類ケの仮名であるため、タケは猛シと関係ある語かと思われる。仮に、乱暴に、無遠慮に、の意と解しておく。ソカはオロソカのそれと同じかと思われるが、オロソカのソは（中略）乙類の可能性もあり、甲類の蘇と合わない点に疑問がある。
『新日本古典文学大系』	「たけそかに」の語、他に用例なく、意味不明。
中西進『万葉集全訳注原文付』	不明の語。「た」は接頭語。「けそか」は「ひそか」と同じか。「たけ」は猛、「そか」は「おろそか」「おごそか」の「そか」かともいう。
伊藤博訳注『新版万葉集』	未詳。だしぬけにの意か。
『岩波文庫　万葉集』	他に用例がない語であり、語義未詳。不意に、いきなりのような意か。

以上、「不意に」、あるいは「無遠慮」の語義に訓むことが、大勢であ

る。

■新解釈の根拠
「たけそか」の「たけ」は、「宴たけなは」の「たけ」である。
　動詞「たく」（長く・闌く）には、「盛りになる。」「盛りがすぎる。」
（『古語林』）の意があり、「たけ」はその連用形。
「そか」は状態を表す接尾語（『古語大辞典』の「おろそか」の 語誌 ）。
　よって、「たけそか」は「たけ」の状態のことで、「たけなは」と同義
である。
「たけなは」は、「物事の最も盛んな時。」の意と、「盛りが過ぎて、や
や衰えかけた時。」の意（『小学館古語辞典新版』）がある。
　この歌の「たけそかに」は、宴を始めて「**盛んになったころに**」待っ
ていた人が来たの意である。
　榎井王が客の立場で、1013番歌に和したと解している注釈書があ
るが、榎井王は主人（門部王）の立場で1013番歌に対し、別の歌趣の歌
をもう一首として後に詠んだものであろう。
　いずれにしても、この歌の「たけ」は宴の盛りを意味することは、原
文の「多鶏」の表記によって明白である。
　すなわち、宴席の盛りは、多くの鶏が集まって、声を上げて鳴いてい
る騒がしい状況と、似ていることを示している用字であり、面白い。
　万葉集において、漢字の音を用いて表記する場合でも、漢字の意味も
その歌に相応しい漢字を選択していることは、よくあるのである。

　1019番の前に「石上乙麻呂卿、土佐國に配されしときの歌3首あわせ短歌」との題詞があり、現在の注釈書は、その後に続く一連の歌を、1019番長歌、1020・1021番の合同番の長歌、1022番長歌、1023番反歌1首の計4首とし、5つの番号を付している。

新しい訓

> 　大君の　命畏み　さし並ぶ　国に出でますや　我が背の君ぞ

新しい解釈

> 　天皇の命令を畏んで、海を挟んで並んでいる国に、**出かけてしまわれたなあ、私の夫なるぞ。**

■これまでの訓解に対する疑問点

　従来の定訓は、1020番と1021番を合同番として、一つの長歌を掲げ、その冒頭にある下記の原文を、つぎのように訓んでいる。

　1020・1021
　　王　命恐見　刺並　**國尓出座耶　吾背乃公矣**　繋巻裳　湯々石恐
　　石　住吉乃　荒人神　船舳尓　牛吐賜（後略）
　　（大君の　命畏み　さし並ぶ　**国に出でます　はしきやし　我が
　　背の君を**　かけまくも　ゆゆし畏し　住吉の　現人神　船の舳
　　に　うしはきたまひ）

　4番目の原文「**國尓出座耶**」について、「**国に出でます　はしきや
し**」と訓んでいる理由は、上記の4番目の句の「耶（や）」の助辞がこ
こにある例がないとして、この句から外し、独立の句の詞と考え、かつ

「愛」の文字が脱落しているものとして、「愛耶」の句を新たに設定して、「はしきやし」と訓むことによる。

　そうすると、冒頭からここまでの５句は、５・７・５・７・７の定型ではなくなるので、独立の短歌（反歌）とは考えられないとして、1020・1021番の合同番の長歌を想定し、その長歌の冒頭の部分とみているのである。

　なお、中西進『万葉集全訳注原文付』は、「国に出でますや　吾が背の君を」と訓んだ上で、「かけまくも」に続けて、一つの長歌としている。

■新訓解の根拠

1　５番目の句「吾背乃公矣」の「**矣**」の字は、「文末につけて、断定や推量の語気をあらわす助辞。……するぞ。……となるぞ。」（『学研漢和大字典』）である。

　「矣」についての上の説明は、本歌の歌意にぴったりで、定訓のように「を」と訓むものではなく、助辞として語気を表し、文末に「**ぞ**」を添えるべきである。

　また、４番目の句の「国に出でますや」の「や」についても、876番歌「天飛ぶや　鳥にもがもや」、3246番歌「天なるや　月日の如く」など、その例は多くある。

　本歌の「や」は、「詠嘆する気持ちを表し、語調を整えたり、また意味を強める間投助詞」（『古語林』）。

　したがって、冒頭から５番目までの句は「大君の　命畏み　さし並ぶ　国に出でますや　我が背の君ぞ」と、５・７・５・７（8）・７で訓むことができ（「国に出でますや」は８字であるが、句中に単独母音「い」があるので、字余りが許容される）、実は1019番長歌の反歌で、1020番に該当する。

2　したがって、現在は1020・1021番の合同番の下に一首の長歌として理解され、表記されているが、冒頭の前掲５句は1019番長歌の反歌であり、６番目の句から末尾の句までが、下記のように１つの長歌である。

繋巻裳　湯々石恐石　住吉乃　荒人神　船舳尓　牛吐賜　付賜
　将　島之埼前　依賜将　礒乃埼前　荒浪　風尓不令遇　莫管見
　身疾不有　急　令變賜根　本國部尓

　（かけまくも　ゆゆし畏し　住吉の　現人神　船の舳に　うしは
　きたまひ　着きたまはむ　島の崎々　寄りたまはむ　磯の崎々
　荒き波　風にあはせず　つつみなく　病ひあらせず　すみやけく
　帰り賜はね　本の國辺に）

3　これによって、冒頭掲載の題詞の下に、1019番長歌、1020番反歌、
　1021番長歌、1022番長歌、1023番反歌となる。
　　すなわち、3首の長歌には2首に反歌があるが、1021番長歌だけ
　は反歌が欠落しているのである。

　題詞・左注によれば、市原王が、744年正月11日に、活道(いくぢ)の岡に登り、一株の松の下に集まって飲みし歌とある。

新しい訓

> 　一つ松　幾代か経ぬる　吹く風の　**音(と)のさやけきは**　年深みかも

新しい解釈

> 　この一本松は、どのくらい歳月を経ているのだろうか、吹く**風が枝に鳴る音のさやけさは**、相当の歳月を深く重ねているのかも。

■これまでの訓解に対する疑問点

　まず、第4句の原文「聲之清者」の「清」をどう訓むかである。

　諸古写本では、「清」を「スメル」と訓んでいたが、現代の注釈書は「清き」と訓んでいる。

　「清き」と訓んでいる『岩波文庫　万葉集』は、「松風の音を清しと言うこと、万葉集に他例がない。」という。

　「清し」の類義語の「清けし」について、『古語大辞典』の 語誌 ([藤本二朗])において、「さやけし」は、「対象を感覚的にとらえて表現する語で、月や川・川音などについていい、万葉集では『清』の字を多く用いるなど、近似しているが、『きよし』が純一性を持った美しさを対象の属性として客観的にいうのに対して、『さやけし』は対象の明るくくっきりしている美しさを主体の主観的な印象としていうことが多い。」としている。

　本歌は、結句に「年深みかも」と歌の作者の主観が詠われていること

に照らせば、客観的に美しさの属性をいう「清き」は相応しくないことになる。

■新訓解の根拠
　前述のように、本歌においては、「松に吹く風の音」を「年深みかも」と歌の作者の主観が詠われているので、「清」は「さやけき」と訓むべきと考える。
　1159番歌「音のさやけさ」、4003番歌「行く水の　音もさやけく」などがある。
　また、本歌の「聲」は定訓の「おと」ではなく、「と」と訓む。
「聲」を「と」と訓む例は、1005番歌「湍之聲曾清寸」（瀬の音ぞ清き）にある。
「聲」を「と」と訓むことに気づかないため、定訓は字数を合わせるため「清」を「清き」と3文字で訓んだものであろう。
「風の音（と）」の訓例は、3453番歌「可是乃等能」にある。
　第4句を「おとの」「きよきは」と、3音と4音に分けるより、「との」「さやけきは」と2音と5音に分けたほうが、5音によって句の座りが落ち着き、結句に対しても続きがらがよくなる。

「寧楽の故郷を悲しみて作る歌」との題詞がある長歌。

新しい訓（旧訓）

> （長歌の部分）
> 　もののふの　八十伴の男の　うちはへて　思ひ並み及けば
> 天地の　寄り合ひの極み　万代に　栄えゆかむと　思ひにし
> 大宮すらを

新しい解釈

> 〈もののふの〉多くの官人たちは、ずっと長く同じ思いに至っ
> ていたので、天地の寄り合う彼方まで、永遠に栄えるだろうと
> 思った大宮であるのに、

■これまでの訓解に対する疑問点

　諸古写本の原文は「思並敷者」に一致しており、訓はすべて「オモヒ
ナミシケハ」である。

　それを、江戸時代の契沖が『萬葉代匠記』において、「並」を「煎」
の誤字として、「煎」を「り」と訓み、「思へりしくは」と改訓したもの
である。

　この句のすぐ後に「思煎石」とあり、「思へりし」で「煎」を「り」
と訓んでいることを根拠とするが、382番歌「名積叙吾來煎」（なづみ
ぞ我が来る）とあり、「煎」を「る」と訓む確定例はあるが、「煎」を
「り」と訓むことは疑問である。

■新訓解の根拠

「思並敷者」の「思並」の「並（なみ）」は「同等・同列の意を表す」

（『古語大辞典』）の接尾語で、「思ひ並み」は皆同じ思いの意である。
「敷」は「及く」の已然形「及け」の借訓仮名である。

　したがって、「思並敷者」は「おもひなみしけば」と訓むが、8音の
字余りになるので、「思ひ」を「もひ」と訓んで、「もひなみしけば」と
する。

　この部分は、奈良の都に対して多くの官人たちが、同じ思いに至って
いたこと（共通認識）を詠んでいるもので、「多くの官人たち」の「思
いが同等・同列」であることを、「並」の文字で表現しており、「煎」の
誤字ではありえない。

　なお、「思煎石」も、「煎」に「にる」の訓があるので、略訓の「に」
により「思ひにし」と訓む。

久邇新京を讃える長歌の反歌で、田邊福麻呂歌集の中にある歌。
740年12月、山背の久邇に新しい都の造営が始まった。

新しい訓

> **豊けしく**　川の瀬清し　百世まで　神しみゆかむ　大宮所

新しい解釈

> **流れが豊かで**、瀬が清らかな川である（この川のところにある）大宮所は、これからも末永く、神々しい趣に成ってゆくだろう。

■これまでの訓解に対する疑問点

　初句の原文は、諸古写本はすべて「**弓高來**」であるが、定訓を採る注釈書は、賀茂真淵の『萬葉考』が「**弓**」は「**山**」の誤字として、「山高く」と訓んだことに従っている。

　しかし、どの古写本にも「弓」と明瞭に表記されている。

　誤字説は、この歌の7首後にある別の長歌1059番に「久邇乃京師者山高　河之瀬清」とあることにより、同様に「弓高」を「山高」であるべきと、判断したと推察される。

　万葉集には「山高」の表記は、つぎのように本歌以外に12首ある。

　　「山高」（山高み）1005番　1039番　1059番　1342番　1747番　2775番
　　「山高三」（山高み）324番　909番　1736番　1841番
　　「山高美」（山高み）4011番
　　「（春日山）々高有良之」（山高くありし）1373番

これら12首について、諸古写本に表記されている約100の「山」の文字は、いずれも明確に「山」と表記されており、「弓」と紛らわしい表記は一つもない。

　また、本歌の直後の1053番歌に「山者木高之」「山下耀」と「山」の文字があるが、本歌と字形は全く異なり、普通の「山」の字である。

　したがって、「弓高來」を「山高來」の誤りとして、「山高く」と訓む誤字説による定訓には、大きな疑問がある。

■新訓解の根拠

「弓」は、「梓弓」など弓に関する詞の正訓に用いられている場合が多いが、「ゆ」の略音が用いられている場合として、1088番歌「弓月高」（ゆつきがたけ）、2353番歌「弓槻下」（斎槻が下）がある。

　したがって、本歌においても、**「弓」を「ゆ」**と訓む。

「ゆ」を「弓」で表記することは、「斎（ゆ）」を連想させ、神聖な川であること、および第4句の「神しみゆかむ」に調和する。

「高」は「たけし」で、「弓高」を「ゆたけし」すなわち「豊けし」と訓む。

「高」を「たけ」と訓む例は、1088番歌「弓月高」（ゆつきがたけ）、3294番歌「吉野之高二」（よしののたけに）などにある。

「來」は「く」と訓む。よって、「弓高來」は**「ゆたけしく」**と訓んで、「豊けし」の連用形である。

　この歌は反歌で、長歌の1050番歌には、「川近み　瀬の音ぞ清き　山近み」と詠われているが、山は「高く」と詠われていない。

　また、久邇京の地勢は、昔も今も、木津川という大きい川が流れている所であるが、とりわけ高い山がある所ではない。

　万葉の人々が、大きい川を崇めていたことは、飛鳥や藤原に都があったときは、一山越えて吉野川によく行幸しており、奈良の都において、近くの大きい川はこの木津川ということになる。

　その川の間近に新京が遷ったのであるから、人々はまず、川を讃えているのである。

旧都・三香原の荒墟を悲しんで詠んだ、長歌の末尾部分である。

三香原は久邇京のあった地名で、これも田邊福麻呂歌集の中にある歌。

新しい訓

（長歌の部分）

　咲く花の　色めづらしく　百鳥の　声なつかしく　**あり果てし**　住みよき里の　荒るらく惜しも

新しい解釈

　咲く花の色もすばらしく、多くの鳥の鳴き声も心ひかれる、**いつまでも変わらなく**住みよい里が、荒れてゆくのは残念であることよ。

■これまでの訓解に対する疑問点

　末尾から３句目の原文「**在果石**」の２番目の文字が、「果」とあるのは元暦校本、類聚古集（以上、付訓なし）、神宮文庫本、西本願寺本（以上、「カホ」と付訓）であり、「杲」とあるのは広瀬本、京都大学本、陽明本、寛永版本（いずれも「ガホ」「カホ」と付訓）である。

　多くの注釈書は、原字として「杲」を採用し、「在杲石」を「ありがほし」と訓んで「いつまでも住み続けたい」の意に解している。「ありがほし」と訓む理由について、多くの注釈書は382番歌で「見がほし」と訓んでいることを挙げているが、同歌において「見果てし」と訓むべきことは「Ⅰ」の382番歌の解説で既述したとおりで、「ありがほし」と訓む理由にはならない。

　定訓に依っている『日本古典文学全集』でさえ、「しかし時代の古い

写本にはいずれも『果』となっており、また音韻的にもカウの音を持つ『杲』の字を、カホ・ガホにあてたとみることは不可能である。」と注釈していることは、正鵠を得ている。

■ 新訓解の根拠
　私は、「果」を採用して、**「在果石」**を**「あり果てし」**と訓む。
「あり果てし」は「いつまでも同じ状態を続ける。」（『古語大辞典』）の意の「あり果つ」の連用形「あり果て」に、回想の助動詞「き」の連体形「し」が付いたものである。
　聖武天皇は、740年12月、久邇京（「恭仁京」とも書く）を造営したが、すぐまた紫香楽宮の造営に着手し、744年2月、そこに遷都する前に一時、難波宮を都としたので、久邇京は3年余りの期間であった。
　そして、745年正月、紫香楽宮に都を遷したが、火災、地震などが続き、同年5月、平城京に復帰した。
　すなわち、平城京は4年半の間、廃都であったのである。
　この歌は、久邇京が廃都になった744年2月以降に詠まれた歌である。

「山を詠う」との題があり、柿本人麻呂歌集の歌である。

新しい訓

> 我が衣に　色つけ染めて　味酒の　三室の山は　黄葉するなり

新しい解釈

> 私の衣に**色を付けて染めたように**〈味酒の〉三室の山は**もみぢしている**（三室の山はもみぢして、それが、私の衣に、色を付けて染めたように映えている）。

■ これまでの訓解に対する疑問点
　一首の原文は、つぎのとおり。

　　「我衣　色服染　味酒　三室山　黄葉爲在」

　定訓は、第2句の原文「**色服染**」の「**服**」を「**取**」の誤字として、「色どり染めむ」と訓むものである。
　しかし、諸古写本の原字は「服」で、「取」の誤字と疑える筆跡はない。
　本歌は、柿本人麻呂歌集の歌で、いわゆる省略体で表記され、活用語尾や助詞の表記が全くない。したがって、各句にどのような語尾や助詞を添えて訓むかにより、一首の訓解が異なってくる。

■ 新訓解の根拠
　初句の「衣」に助詞「に」を添えるべきと考えるので、「我がきぬに」

と訓む。

　第2句の「服」は、「つく」の連用形「つけ」と訓む。「服」を「つく」と訓むことは、『類聚名義抄』にある。

　また、同じ柿本人麻呂歌集の歌である2853番歌に、「眞珠服」（またまつく）との訓例がある。

　第2句に「て」、第3句に「の」の助詞を、それぞれ添える。

　よって、上3句は「我が衣（きぬ）に　色つけ染めて　味酒の」と訓む。

　この歌は、黄葉の名所である三室山に入って、自分の着ている衣が色に映えて染まるほど、見事に黄葉していると詠っているものである。「味酒の」は枕詞。

　結句の「爲在」を定訓は「しにけり」と訓んでいるが、素直に「するなり」と訓むべきである。「在」を1669番歌、2134番歌、2220番歌は「なる」と訓んでいる。

　本歌は、動詞「す」の連体形「する」に、断定の助動詞「なり」が接続する例である。

　なお、澤瀉久孝『萬葉集注釋』によれば、「服」を「つき」と訓んだ先訓として、『萬葉考』に「イロツキソメツ」および苅谷正剛氏の「イロツキソメヌ」があるという。

補注

　現代は、秋のもみじは多くの場合、「紅葉」と書くが、万葉集においては、ほとんどが「黄葉」と表記されている。

「黄葉」の表記は66首もあるが、「紅葉」を意味する表記は「紅葉」（2201番）、「赤葉」（3223番）、「下葉赤」（2205番）の3首と、「紅に　にほへる山の」（1594番）、「宇敝可多山は　紅の　八入の色に」（3703番）の2首だけである。

　実際に、自然の山の木々はほとんどは黄葉であり、赤く紅葉する「モミジ」の木などは後に人為的に植栽されたものが多く、自然の山には少なかったであろう。

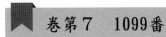
「岳を詠う」との題がある歌。

これまでの訓の一例

> 片岡の　この向つ峰に　椎蒔（しひま）かば　今年の夏の　**蔭になそへ
> む**

新しい解釈

> 片岡の向かいにあるこの山の峰に、これから椎の木の種を蒔
> いたら、今年の夏の**日陰とみなせるだろう**（寓意は後記）。

■これまでの訓解に対する疑問点

　結句の原文は、古写本は一致して「**陰尓将比疑**」であるが、注釈書の
多くは「**比**」を「**化**」の**誤字**として、「陰にならむか」と訓んでいる。
『岩波文庫　万葉集』は、「『化』は万葉集の歌本文の表記としては唯一
の例。椎の実を蒔いて、半年で木陰を作るはずがない。誇張か、あるい
は何か寓意を込めたものか。」と注記している。

　もっとも、原文「陰尓将比疑」のままで、『日本古典文學大系』は
「蔭（かげ）に比（そ）へむか」と訓み、「木蔭になぞらえることができるだろうか。」
と、また、中西進『万葉集全訳注原文付』は「蔭（かげ）に比疑（なぞ）へむ」と訓み、
「蔭に見立てられようか。」とそれぞれ訳している。

■新解釈の根拠

「比疑」を「なそへ」と訓み、「なそふ」の連用形。この点は、中西著
と同じである。

　大伴家持が「なでしこ」の花に、坂上大嬢をなぞらえた歌がある。

1448　わが宿に蒔きしなでしこいつしかも花に咲きなむなそへつつ
　　　　見む

　「比」を「なそふ」と訓む例は、古事記（上巻五・葦原中国平定）に
「穢き死人に比ふる」とある。また、多くの古語辞典には「なそふ」に、
「準」「擬」「比」の漢字を当てている。

　したがって、もともと「比擬」は同じ意の二字で「なそふ」と訓む表
記であったものが、「擬」は助辞の「疑」と誤解され、「比疑」の表記に
なったものと考える。

　上3句の「片岡の　この向つ峰に　椎蒔かば」の「片岡」は「孤立し
た丘」（『岩波古語辞典』）のことで、つぎの「この向つ峰に」は片岡に
対立している峰であり、その峰に「椎の種を蒔くと」ということであ
る。

　下2句の「今年の夏の　蔭になそへむ」は、今から椎の種を蒔けば、
今年の夏にはその日陰ができ、種を蒔いたお蔭とみなしうる効果がある
だろう、と比喩的に詠んでいるのである。

　ほとんどの注釈書は寓意のある歌かとしながら、寓意の内容を明らか
にしないが、その寓意とは、歌の作者は自分を「片岡」に陰喩し、「こ
の向つ峰」である自分が対立関係にある人に対して、今から自分を引き
立ててくれるように強いて種を蒔けば（贈り物をすれば）、今年の夏に
は、そのお蔭ですぐ恩恵や効果が現れるだろう、というものである。

　「椎」の「しひ」は、「強ふ」の「強ひ」を掛けている。無理に種を蒔
いての意を響かせている。「蔭」は、木陰ではなく、種を蒔いたお蔭で
の意。

「河を詠う」の題のある歌。

新しい訓

> **今しきは**　見めやと思ひし　み吉野の　大川淀を　今日見つるかも

新しい解釈

> **つい今ほどまでは**、見ることがあろうか、ないだろうと思っていた吉野の大川淀を、今日見たことよ。

■ これまでの訓解に対する疑問点

　初句の原文「今敷者」については、ほとんどの注釈書は「今しくは」と訓んで、「当分は」、あるいは「今のところでは」と解釈している。
「今しく」は形容詞「今し」の名詞形（『新潮日本古典集成』）、あるいは「今」の強調形「今し」(3914) に副詞語尾「ク」の付いた形か（『新日本古典文学大系』、『岩波文庫　万葉集』）と注釈している。

■ 新訓解の根拠

「敷」を接尾語の「しき」と訓む。
「しき」は、「代名詞に付いて**程度を示す語**。卑下または軽侮の意がこめられる。……ほど。……くらい。」（『古語大辞典』）といわれている。
「者」は、強調の助詞「は」。
　したがって、「今しきは」は「今ほどは」「つい今ほどまでは」の意である。
　この「今」は、結句の「今日」と異なり「今日現在」の意ではなく、「今まで思っていたこと」を指し、代名詞的な役割をしている詞である。

歌の作者は、以前から吉野の大川淀を名所と聞いていたが、自分などは見られないだろうとつい今しがたまで思っていた（卑下の気持ち）が、今日見ることができた、と感激しているものである。

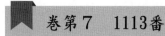

これも「河を詠う」との題のある歌。

新しい訓

> 　この小川　霧ぞ結べる　たぎちたる　**山の井の上に**　言挙げ
> せねども

新しい解釈

> 　この小川に霧が立っている、たぎっている**山の泉のそばで**言
> 挙げしたのではないけれど。

■ これまでの訓解に対する疑問点
　この歌の原文は、

　　「此小川　白氣結　瀧至　**八信井上尓**　事上不為友」

であり、第2句、第3句の訓について、若干異なる訓が存在するが、
第4句の「八信井」については、多くの注釈書は「**走り井**」（はしりゐ）
と訓んでいる。
「信」を「信（しり）」と訓む理由として、「播磨（はりま）」「思篇（おもへり）」「平群（へぐり）」の例を挙
げ、n音尾がr音尾に転ずる例との説明（澤瀉久孝『萬葉集注釋』、同
旨『新日本古典文学大系』）がされている。
　しかし、「走り井」は、この歌のすぐ後の1127番歌に「走井」の表記
がある。

■ 新訓解の根拠
「八信井」は「**山井**」（**やまのゐ**）と訓む。

「八」を「や」、「信」を「ま」と訓む。

「信」は万葉集において、「まこと」と多く訓まれている（1350番、1410番、1985番、2859番、2891番、3815番）。

そして、1192番歌および1680番歌における「信土山」（まつちやま）に見られるように「ま」とも訓まれる。

したがって、「八信井」は「やま井」であるが、「の」を添えて「山の井」と訓む。

「言挙げ」は「声高く言いたてること」（『岩波古語辞典』）、いわゆる言霊信仰があり、みだりに言挙げすることは、禁忌とされていた。

また、人の嘆きは霧になると信じられていたことは、すでに解説した「Ⅰ」の118番歌、および799番歌には「吾が歎くおきその風に霧立ちわたる」と詠われているので、万葉の時代、人の嘆息や言挙げは霧になる、霧を呼ぶと考えられていたようである。

なお、京都大学本と陽明本に「ハシリヰノ」の訓とともに、「ヤマヰノ」の訓が併記されている。

「井を詠う」との題のある歌。

新しい訓

> 落ちたぎつ　走井水の　清くあれば　**病む者我は**　行きかて
> ぬかも

新しい解釈

> 落ちたぎっている走井の水が清いので、**傷ついている私は**傷
> 口を清水で洗いたいため、そこを去り難いことよ。

■これまでの訓解に対する疑問点

　第4句の原文「癈者吾者」の最初の文字について、元暦校本、類聚古
集、広瀬本は「癈」、神宮文庫本、西本願寺本、京都大学本、陽明本、
寛永版本は「度」となっている。後者については、「度者」に「ワタラ
ハ」の訓が付されている。

　定訓は「癈」を原字として、「おく」と訓み、句を「おきては我は」
と訓み、「私はそれをうちすてて」(『日本古典文學大系』)、「さしおいて
自分は」(澤瀉久孝『萬葉集注釋』)、「見捨ててわたしは」(『日本古典文
学全集』)と訓解している。

　しかし、この訓解には、3つの疑問点がある。

1　「癈」は「おき」と訓むとして、「おきて」の「て」は原文に表記
　がない。

　　澤瀉注釋が「オキテハ」の訓が適切である例として挙げている、
　29番歌「倭乎置而」(ヤマトヲオキテ)、78番歌「置而伊奈婆」(オ
　キテイナバ)、493番歌「置而行者」(オキテイナバ)、3990番歌「於

吉底伊加婆乎思」（オキテイカバヲシ）には、いずれも「て」の文
字（「而」あるいは「底」）の表記がある。

2　「清有者　癈者吾者」と2句のうちに「者」が三つも用いられて
いるが、これを三つとも「は」と訓むことは考え難い。

3　定訓の解釈は、走井の水が清いので見捨ててその場を立ち去れな
い、の意であるが、水が清いから立ち去れないでは抽象的過ぎる内
容で、この歌の作者が、この場所で詠いたかった臨場感、あるいは
興趣といったものが伝わってこない。

■ 新訓解の根拠

「癈」は、「からだが不自由になった者」の意で、「ヤマヒ」「ヤム」の
古訓がある（『学研漢和大字典』）。

　したがって、「癈者吾者」は「病む者我は」と訓む。

「病む」には、「傷を負う」「傷つく」（『古語大辞典』）の意があるので、
「傷ついている者である私は」の意である。

　山道を歩くと、岩や石、あるいは木の根っこに躓いて、手足に傷がで
き、傷口に付着した泥土を早く洗い流し、清潔にしたいと思う経験は誰
もがあるが、本歌は、そのような情況の下で、清水にようやく出くわし
たときの喜びを詠っているものである。

　さらに、この歌では第3句「清くあれば」と詠んでおり、「清ければ」
でない点に注目すべきである。

「清し」は「曇りや濁り・汚れなどのまじらないさま」であり、「『きよ
し』が純一性を持った美しさを対象の属性として客観的にいうのに対し
て、『さやけし』は対象の明るくくっきりしている美しさを主体の主観
的な印象としていうことが多い。」（『古語大辞典』）とされている。

　定訓の解釈のように、走井の水が美しくて自分は見捨てては行けない
という主観的な歌であれば「さやけくあれば」と詠うところであるが、
本歌では「清くあれば」と走井の水が汚れていないことを客観的に詠っ
ているものである。

「芳野作」との題のある歌。

新しい訓

> 夢のわだ　言にしありけり　**目覚めるも**　見てけるものを
> 思ひし思へば

新しい解釈

> 「夢のわだ」という淵は言葉だけであった、（**夢ではなく**）**目覚めていても**、見えたのだもの。見たいと思い続けていたので。

■ これまでの訓解に対する疑問点

第3句の原文「**寤毛**」を、注釈書はすべて「うつつにも」と訓んでいる。

しかし、「寤」は「さめる」「さとる」の意の語（『学研漢和大字典』）で、「うつつ」の訓も、意味もない。

注釈書は、「夢のわだ」の「夢」に対するものとして、「現」（うつつ）と安易に訓んでいるものである。

■ 新訓解の根拠

「寤」を「**めざめる**」と訓んで、「目覚める」ことで、「夢でない」ことである。

この歌は、吉野にある有名な淵の名である「夢のわだ」は、夢だけでしか見られないものではなく、目が覚めていても見えた、と詠んでいることに興趣があり、「夢」と「寤」を対置しているのであるから、当然「目が覚めていること」の意の「目覚める」と訓むべきで、ほぼ同様の

意であるからと言って、より抽象的な語の「うつつ」でよいというものではない。

　できるだけ、詠み人の用字を尊重して、その趣旨に訓むべきである。

これも、「芳野作」との題がある歌。

新しい訓

> 吉野川　**石踏みかへど**　**常磐して**　吾は通はむ　万世まで
> に

新しい解釈

> たとえ吉野川の川原の石を踏みかえて歩いても、変わること
> なく、あなたの許にいつまでも私は通います。

■これまでの訓解に対する疑問点
　第2句の原文「石迹柏等」を、『日本古典文學大系』、澤瀉久孝『萬葉
集注釋』、『新日本古典文学大系』、中西進『万葉集全註釈原文付』、『岩
波文庫　万葉集』は、「石と柏と」と訓んでいる。
『日本古典文学全集』、『新編日本古典文学全集』は「いはど柏と」、『新
潮日本古典集成』および伊藤博訳注『新版万葉集』は、「巌と栢と」と、
それぞれ訓み、前者は「イハドカシハ（未詳）」、後者は「榧の木」と、
いずれも木の名を想定している。
　しかし、「石」と「柏」を格助詞「と」を用いて並べるために、「迹」
の文字を用いているとは考えられない。また、多くの注釈書は「吉野川
の岩と柏のように」永久に通うと解釈しているが、「吉野川の岩と柏」
が永久を導くに相応しい事物とは思われない。

■新訓解の根拠
「石迹」については、3295番歌「足迹貫」および3313番歌「石迹渡」
との例があるので、本歌においても「石踏み」と訓むと解される。

「柏」を「かへ」と訓むことは、4169番歌「松柏乃」（まつかへの）にある。

「柏」（かへ）は、ヒノキ科のヒノキ、サワラ、コノテガシワなどの総称。

「柏」は「交ふ」の已然形「交へ」の借訓仮名で、「[動詞の連用形について] 互い違いに〜する。」（『古語林』）の意である。

したがって、「石踏みかへ」の意味は、吉野川の川原の踏みやすい石を択んで、互い違いに踏んで進む意である。

第3句以下は、「変わることなく、私はいつまでも通い続けよう」の歌意であるから、第2句の「石踏みかへ」との困難を意味する句意と逆接の関係になる。

それゆえ、第2句の末尾「等」は、逆接の恒常条件を示す接続助詞「ど」で、「てもいつも」（前同）の意。

「等」を「ど」と訓む例は、4001番歌「見禮等母」（みれども）のほか多数ある。

また、第3句「**時齒成**」を、定訓は「常盤なす」と訓んでいるが、私が「常盤して」と訓むのは、「なす」である「為」が1140番歌「宿者無為」（宿はなくして）、2403番歌「身秡為」（身そぎして）では「して」と訓まれているように、同じ「なす」と訓む「成」も「して」と訓み得るからである。

「成」を「て」あるいは「して」と訓むことは、19番「著成」（つきて）、382番「冬木成」（ふゆきにて）、2417番「神成」（かむさびて）、3791番「引帯成」（ひきおびして）などにある。

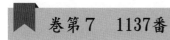

「山背作」との題がある歌。
やましろ

新しい訓

> 宇治人の　譬への網代　吾ならば　**今は映ゆらぞ**　木屑来ず
> とも
> あじろ　　　　　　　　　　　　　　　　　　　　　こづみ

新しい解釈

> 宇治人に譬えられる宇治川の網代が、私であったら、**今の時
> 季は面映ゆいことよ**。たとえ、木屑が寄って来なくとも。

■これまでの訓解に対する疑問点

　第4句の原文は、多くの古写本では「**今歯王良増**」と表記されている
が、広瀬本は「王良」の部分が「生即」、陽明本は「王良」の左に「生
即ィ」の表記がある。

　これまでの訓は、加藤千蔭『萬葉集略解』が「王」を「与」の誤字と
する誤字説により「イマハヨラマシ」と訓んだことに従っている。ただ
し、『新編日本古典文学全集』、中西進『万葉集全訳注原文付』は、訓を
留保している。
『日本古典文學大系』の下3句の訳は「私なら、今こそは寄るだろう
に。いつもたまっているはずの木屑などすらよらなくても。」で、他の
注釈書もほぼ同旨であるが、歌趣は明らかでない。

■新訓解の根拠

　広瀬本をはじめ、「生」の表記がある古写本があるので、「王」は
「生」の誤写と考える。澤瀉久孝『萬葉集注釋』も「集中では『王』は
オホキミと訓む事が通例であり、ワの假名には用例無く、これは誤字だ

と思はれる。」と注釈している。

　よって、「**生良**」の「生」は「生ゆ」と訓み、「映ゆ」の借訓仮名であり、形容詞「映ゆし」の語幹として訓む。

「良」は「ら」と訓み、「ら」は形容詞の語幹について、名詞をつくる（『古語林』）。したがって、「**映ゆら**」は、「きまりが悪い」「面映ゆい」状態を表す名詞である。

「宇治人」＝「網代」＝「吾」＝「映ゆら」の関係である。

　歌の作者は、旅人として宇治川に来て、宇治と言えば有名な宇治川の網代を眺めたのであるが、網代は冬に魚を獲る仕掛けの川の景物で、「今は」時季外れで、網代の姿が、川中に面映ゆく見えたのである。それは川中に人が立っているように見えたので、自分をその網代に見立てて、木屑が網代に寄って来なくても面映ゆいと、時季外れの景物を見て興ざめて詠っているものである。

　後に、清少納言は、この歌を知ってのことであると思うが、『枕草子』に「すさまじきもの。昼ほゆる犬。春の網代。」といっている。

　定訓による訓解では、「**今は**」の意味の重要性が分からないが、この歌においては感慨の中心になる詞であったのである。

「攝津作」との題がある連作の中の一首。摂津の国の歌を集めたものであろう。

新しい訓

命幸く　久によかれと　石走る　垂水の水を　むすびて飲みつ

新しい解釈

命が無事で、長く良いようにあれと願って、〈いはばしる〉滝の水を、両手ですくって飲んだ。

■ これまでの訓解に対する疑問点
この歌の原文は、

「命幸　久吉　石流　垂水々乎　結飲都」

であり、冒頭の4文字について、つぎのように訓が分かれている。

命をし　幸くよけむと	『日本古典文學大系』、『新潮日本古典集成』、『新日本古典文学大系』、伊藤博訳注『新版万葉集』、『岩波文庫　万葉集』
命を　幸く良けむと	『日本古典文学全集』、『新編日本古典文学全集』
命をし　幸くあらむと	澤瀉久孝『萬葉集注釋』（「吉」を「在」の誤字とする）
命幸く　久しくよけむ	中西進『万葉集全注釈原文付』

誤字説は論外として、「を」「し」「と」の助詞を添えるのはよいとしても、意志の助動詞「む」を添えるのは、問題である。

■ 新訓解の根拠

「幸」は「さきく」である。894番歌「幸くいまして」がある。

　しかし、初句で、「命幸く」は6字の字余りとなるので、防人歌の4346番歌「佐久安禮天」（幸くあれて）の例により、この歌においても「命幸く」と5字に詠むと考える。

「久」に「に」を添えて、「久に」は形容動詞の連用形で、「吉」は「よし」の命令形「よかれ」に格助詞「と」を添えて訓む。

　したがって、第2句は「久によかれと」と訓む。

「攝津作」の歌であるので、この歌の「垂水」は吹田市の垂水神社がある地名か、垂水（滝）があったという神戸市垂水区の地名かのどちらかを掛けていると思うが、垂水区は播磨の国であったという説もある。

これも「攝津作」と題のある歌の一首。摂津の海である「ちぬの海」を詠んでいる。

新しい訓

> 妹がため　貝を拾りふと　ちぬの海に　濡れにし袖は　**冷ゆ とも干さず**

新しい解釈

> 妹の為に、ちぬの海に繰り返し入り貝をとったので、濡れてしまった衣の袖は、**体を冷やすけれども、（可愛い妹の為に濡れたのだから）干して乾かさないでいる。**

■これまでの訓解に対する疑問点

結句の原文「**雖涼常不干**」を、定訓は「干せど乾かず」と訓んで、「**涼**」を「ほせ」と訓む根拠を、各注釈書はつぎのように注釈している。

『日本古典文學大系』	風にあてる意。ホスと訓む。清涼をホシサガサシムと名義抄の訓がある。サガスはサラスと同義。
『日本古典文学全集』	「涼」は、風にさらす、曝涼の意。
澤瀉久孝『萬葉集注釋』	「暴涼」の意でホスと訓む。
『新潮日本古典集成』	「干しても」と訳しているが、理由不記載。
『新編日本古典文学全集』	「干しても」と訳しているが、理由不記載。
『新日本古典文学大系』	「涼」は「曝涼」の意。

中西進『萬葉集全訳注原文付』　「涼」は「曝涼」の意。

伊藤博訳注『新版万葉集』　　　「干しても」と訳しているが、理由
　　　　　　　　　　　　　　　不記載。

『岩波文庫　万葉集』　　　　　「干せど乾かず」は1186にも見え
　　　　　　　　　　　　　　　る。

　以上のように「涼」を「曝涼」の意とし、「さらす」の意があるので、
「干す」と訓むとするものである。
　しかし、「さらす」の意は「曝」にあり、「涼」にあるものではないか
ら、合理的な訓とはいえない。
　また、1186番歌の原文は「雖干跡不乾」であり、ホスには「干」の
字で表記しており「涼」ではない。

■ 新訓解の根拠
　原字「涼」は「涼」の異字体で、**「涼」**は**「冷やす」**の意がある（『学
研漢和大字典』）。
　また、『類聚名義抄』に「サムシ」「ヒヤヤカナリ」の訓がある。
　したがって、「雖涼常不干」は「冷ゆとも干さず」と訓む。
　この歌の作者は、海水で濡れた袖をなぜ干さないのか、それは、妹の
ために貝を拾っていたからで、冷たい感覚のある間、妹のことを思い続
けていられるからである。
　定訓の「干せど乾かず」の訓は、なぜ、干しても乾かないのか、干し
ても乾かないことに、どういう感興があるとして歌に詠んでいるのか、
不明である。
　また、定訓は「干」を「かわく」と訓んでいるが、多くの古語辞典に
「乾く」の語の登載がなく、『岩波古語辞典』が「かわき」として、本歌
の例を掲記しているだけである。

「羇旅作」との題がある中の歌。

第2句に定訓がなく、難訓歌である。

奥津梶〔おきつかじ〕　漸々志夫乎〔みまくほり〕　欲見〔みまくほり〕　吾為里乃〔わがするさとの〕　隠久惜毛〔かくらくおしも〕

新しい訓

沖つ梶　やくやく癈ぶを〔し〕　見まく欲り　我がする里の　隠ら
く惜しも

新しい解釈

沖に出て梶を漕ぐ手もだんだん麻痺してきたので、手を休め
て眺めたいと思っている私が漕ぎ出してきた里は、波間に隠れ
て見えないのが残念なことよ。

■これまでの訓解に対する疑問点

　第2句の原文「漸々志夫乎」を、多くの注釈書は「やくやくしぶを」
と訓んで、「しぶ」を「渋ぶ」の意に解している。

　すなわち、『日本古典文學大系』は「次第に舟の進みが遅くなる意で
あろう。」、『新潮日本古典集成』は「渋滞する意か。」、中西進『万葉集
全訳注原文付』は「楫の力も次第に鈍って来たものを。」、伊藤博訳注
『新版万葉集』は「ようやく鈍ってきたというのに、」と、凡そ同じ解釈
をしている。

　ただし、『日本古典文学全集』は「やくやくしぶを」と訓を付しなが
ら、「シブは、しだいに舟足が鈍ってきたが、などと解されているが疑
わしい。後考を待つ。」と注釈しており、『新編日本古典文学全集』にお
いては「やくやくしぶを――未詳。（中略）『志夫』が不明。」としてい

189

る。『新日本古典文学大系』は、「訓釈を保留する。」とある。

■ 新訓解の根拠
「**志夫**」は「**癈ぶ**」の連体形で、意味は器官が働きを失うこと、感覚が麻痺することである。

岸から沖まで舟の梶を漕いできた人が、だんだん手の感覚が鈍り、または麻痺してきて、漕ぐ手を休めて、出発した岸の景色でも見ようとしていたときの情景を詠んだ歌である。

ところで、古語辞典には「癈ふ」とあって、「癈ぶ」はない。それなのにどうして「志夫」を「癈ぶ」と訓むのかの検討が必要である。

万葉集においては、「布」や「不」は「ふ」の、「夫」は「ぶ」の万葉仮名として用いられている。

「潮船」について、つぎのように一字一音の仮名表記の例がある。

「斯抱布祢」（3450番）　「志保不尼」（4389番）
「思保夫禰」（3556番）　「志富夫禰」（4368番）

多くの注釈書において、「斯抱布祢」および「志保不尼」は「しほふね」、「思保夫禰」および「志富夫禰」は「しほぶね」と訓まれている。「しほふね」と「しほぶね」は別の物とは思われないので、同じ物が「しほふね」あるいは「しほぶね」と言われ、表記されているものと考える。

同様に、ちはやふる「知波夜布留」（4402番）と、ちはやぶる「知波夜夫流」（4011番）の例もある。

それゆえに、「癈ふ」に関しても、例えば「志布」とも「志夫」とも表記されることがあったと推定できる。

万葉集には、終止形の「しふ」が詠まれている例はないが、つぎのように連用形あるいは名詞の「しひ」が用いられている歌がある。

1783　松反りしひ（四臂）にてあれやは三栗の中上[なかのぼり]来ぬ麻呂といふ奴

4014　松反りしひ（之比）にてあれかもさ山田の翁[をぢ]がその日に求め

　　　　あはずけむ

「見まく欲り我がする里」とは、自分が見たいと思っている里のことで、それは「自分が住んでいた里」すなわち郷里ではなく、「自分が舟を漕ぎ出して来た里」すなわち出航した里のことであろう。

「を」は、原因・理由を示す順接の確定条件を表す助詞で、主に活用する語の連体形につくが、この歌の場合、「癪ぶ」の連体形「癪ぶ」についている。

　万葉の時代、前記1783番歌の例により、「癪ふ」は4段活用だったとされている。

　なお、この歌は「羈旅作」にある一首であるから、旅の客人が、舟の漕ぎ手の立場になって詠んだ歌である。

　笠金村が作った366番歌の長歌において、「海路に出でて　あへきつつ　我が漕ぎ行けば」と詠んでおり、「実際の漕ぎ手は舟人であるが、自ら漕ぐように詠っている。」(『岩波文庫　万葉集』)のである。

　このことの理解がないと、舟の客人の立場からの歌と考え、「しぶ」は船足が鈍ったことをいっているものと、誤解することになるのである。

「羇旅作」との題がある歌。

新しい訓

潮満たば　いかにせむとか　**潟辺の海（み）　神が手渡る**　海人（あま）
娘子（をとめ）ども

新しい解釈

潮が満ちてきたら、どうするのだろうか。**潟のほとりの海、
そこの海に延びた神の手のような潟を渡って行く、**海人の娘子
たちは。

■ これまでの訓解に対する疑問点

　第３句の原文は「方便海」であるが、定訓は「ワタツミ」と訓む理由
について「方便は仏語で、手段を設けて衆生を済度することをいう。済
度は悟りの道にワタスことであるから、方便の字面でワタにあてたもの
であろう。」（『日本古典文學大系』）とされている。

　また、第４句の「**神我手**」の「**手**」を「**戸**」の誤字とし「神の門」と
する論者もいる。

■ 新訓解の根拠

　第３句の「**方便海**」の「**方**」は「かた」で「**潟**」、「便」は「べ」で
「**辺**」と訓み、「方便海」は「**潟辺の海（み）**」である。

「方」を「潟」と訓むことは、1225番歌「夜中乃方尓」（夜中の潟に）、
「便」を「べ」と訓むことは、548番歌「爲便乎無三」（すべをなみ）に
ある。

　上２句において「潮満たば　いかにせむとか」と詠んでいるように、

潟は潮が引いているときは現れるが、潮が満ちてくると海中に没する所である。この歌を詠んでいるときは引き潮で、砂浜の潟が見えているのである。

　その潟は、海の中に長く延びており、娘子が道や橋に代わる方便として渡って行くのを見て、「潟辺」を「方便」と表記しているのである。

　第4句の「神我手」は「神が手」と訓む。

　海上に「手の形のように」長く延びた潟、すなわち海の中に現れた「腕」の形をした潟を、海神の手と譬えて表現したものである。

　歌の作者は、遠浅の海に神の腕のように海に向かって延びている潟を渡って行く海人の娘子たちを見て、満ち潮になって潟が海中に沈んでしまうと帰れなくなると、心配しているのである。

『岩波文庫　万葉集』は、「神が手」を海峡の意であろうとし、「ただし、海上に突出した岩礁を神の手のように見たという解釈もある。」という。

「神が手」を岩礁と解釈して、海人の娘子が岩礁を渡って行くと解釈するより、潟を渡って行くと解する方が自然である。

やはり「羈旅作」の題がある歌で、「古集」の中にある歌。
第3句が未定訓で、難訓である。

　　　しほはやみ　　いそみ　に　をれ　ば　　　　　　　　あ　ま　と　や　みらむ　　た　び　ゆ　く　われ　を
　　　塩早三　　礒回荷居者　　**入潮為**　　海人鳥屋見濫　　多比由久和禮乎

新しい訓

> 　　　　　　　　　　　　　　　　　い　しほ
> 潮速み　礒廻に居れば　**入り潮する**　海人とや見らむ　旅行
> く我を

新しい解釈

> 　海流が速いため、舟が出ないので礒廻に居ると、**入り潮時に
> 海流が速いので漁に出られず礒廻で待機している**海人と見られ
> るだろうか、旅の途中の私の姿を。

■これまでの訓解に対する疑問点

「**入潮為**」に対する注釈書の訓は、「**かづきする**」と「**あさりする**」に
分かれている。

　　かづ
「潜きする」と訓む理由は説明されておらず、また、「あさりする」と
訓んでいる澤瀉久孝『萬葉集注釋』は、「入潮」を「アサリと訓む事少
し義訓に過ぎるやうであるが」と評している。

■新訓解の根拠

1　多くの古語辞典では、「入り潮」の説明として、「満ち潮」とも、
　「引き潮」とも、正反対の両方の説明を掲載している。片や、「出で
　潮」については、「満ち潮」と説明し、入り潮の対としている。
　　なぜ、多くの辞書が「入り潮」に、「満ち潮」との説明をしている

かといえば、万葉集より後の時代の歌の中に「入り潮」と詠い、その情景は「満ち潮」を詠っていると思われる歌があるからである（例「浦荒れて風よりのぼる入り潮におろさぬ舟ぞ波に浮きぬる」玉葉集）。

　しかし、「出で潮」が「満ち潮」なら、反対の詞の「**入り潮**」が「**引き潮**」であることは自明である。

「出船」「入り船」について考えてみても、岸が本拠である舟が沖に出ることが「出船」、岸に戻ってくるのが「入り船」である。「潮」は本来沖にあるものであるから、沖から岸に来るのが「出で潮」、岸から沖に戻るのが「入り潮」である。

2　つぎに、この難訓歌を詠った旅人は、自分を海人がどのようなことをしている姿と見られていると、詠んでいるのかを考えてみる。

　上2句で、「潮速み　礒廻に居れば」と詠っているので、この旅人はこの磯から舟に乗ろうとしたが、潮が速く舟が出なかったので、磯で船出を待っているか、この磯まで舟に乗ってやってきたが、この磯の辺りは潮が速く危険であるため、舟を岸に停泊させ磯に上陸して退避しているか、のいずれかの状況であろう。

　潮が速い状態というのは、満ち潮あるいは引き潮のときにもみられるが、潮が速いので船出できない、あるいは舟を岸に着けて退避しているという状況は引き潮に対してであろう。引き潮は沖に流れる潮であるから、舟が沖遠く流されると漂流して遭難するからである。昔の舟は、原則的に岸に沿って航行していた。また、引き潮で潮位が下がれば海底の岩礁が浅くなり、航行が危険あるいは不可能となる。

　引き潮時の航行が困難であることを前提とした歌が、つぎのようにある。

1386　大船に真楫しじ貫き漕ぎ出なば沖は深けむ潮は干ぬとも
1671　湯羅の崎潮干にけらし白神の礒の浦廻をあへて漕ぐなり

　反対に、満ち潮時に出港することを詠った歌が、つぎのようにある。

1780　（前略）小梶《をかぢ》しじ貫き　夕潮の　満ちのとどみに　御船子《みふなこ》
　　　を　率ひ《あども》立てて　呼び立てて　御船出でなば（後略）
3594　潮待つとありける船を知らずして悔しく妹を別れ来にけり

　そうすると、この旅人は、引き潮すなわち入り潮の磯にいることに
なる。

3　それでは、入り潮の磯で、海人が何をしている姿を想像しているの
であろうか。

　入り潮になり、干潟や磯の潮溜まりに残った小魚や貝を、鶴などの
鳥がとることを「あさりす」といい、万葉集に約10首詠まれている。
「あさりす」には「安佐里須」の一字一音表記のほか、「求食為」と
表記されている。

　入り潮のときに、干潟や磯の潮溜まりで、小魚や貝をとることは、
人間によっても行われ、万葉集につぎの5首が詠まれている。

　　①　　853　あさりする海人の子どもと人は言へど見るに知らえぬ
　　　　　　　うまひとの子と
　　②　1167　あさりすと礒に我が見しなのりそをいづれの島の海人
　　　　　　　か刈りけむ
　　③　1186　あさりする海人娘子らが袖通り濡れにし衣冷ゆとも干
　　　　　　　さず
　　④　1218　黒牛の海紅にほふももしきの大宮人しあさりすらしも
　　⑤　1727　あさりする人とを見ませ草枕旅行く人に我が名は告ら
　　　　　　　じ

　この5首を観察して明らかなことは、同じ「あさりす」の詞であっ
ても、鳥の場合は原文は「求食為」と表記されているが、人が主体の
場合は「朝入為」と表記されていること、および歌に詠まれた「あさ
りす」の主体は、①は「海人の子ども」あるいは「貴人《うまひと》の子」、②は
「なのりそ」（海藻の名）に譬えられた娘子、③は「海人娘子」、④は
「大宮人」、⑤は「名を告らせ」と言われた娘子で、いずれも本職の
「海人」ではない。

4　ところで、本難訓歌と同様に旅人が、自分の姿を「海人とか見らむ」「海人とや見らむ」と詠まれた歌が、他に5首ある。

> a　252　荒栲の藤江の浦に鱸釣る海人とか見らむ旅行く我れを
>
> b　1187　網引する海人とか見らむ飽の浦の清き荒礒を見に来し我れを
>
> c　1204　浜清み礒に我が居れば見む人は海人とか見らむ釣りもせなくに
>
> d　3607　白栲の藤江の浦に漁りする海人とや見らむ旅行く我れを
>
> e　4202　藤波を仮廬に作り浦廻する人とは知らに海人とか見らむ

これらの歌において、旅人が居る場所、および自分がそう見られるだろうという海人の仕事は、つぎのとおりである。

a歌	藤江の浦	鱸釣る
b歌	荒礒	網引する
c歌	礒	釣り
d歌	藤江の浦	漁りする
e歌	浦	浦廻する

これらの事実より、自分が海人と見られると詠む旅人は、見られる海人の作業を、「釣る（り）」「網引する」「漁りする」「浦廻する」と詠んでおり、決して「あさりす」とは詠んでいないことが明らかである。b歌およびc歌は本難訓歌と同じく、旅人は礒にいるが、「網引する」「釣りもせなくに」と詠い、自分を「あさりする」人と見られると詠んでいない。

それは、たまたま上の5首の歌に「あさりす」と詠まれていないというのではなく、「あさり」は、釣りや網引きをする本格的な漁をする海人の行為ではないからである。

旅の途中の旅人も「あさりする」ことがありえるが、「あさり」は前述のように海人ではない、子供や娘子、大宮人がする行為であるから、「あさり」をしても、それを海人と見られると詠むことはあり得ないのである。

5　このように、本難訓歌の旅人が自分を「あさりする」姿として詠んでいないとすると、「入潮為」はどのように解釈すべきであろうか。

　「入潮為」を、「潮に入ることを為す」の意と解釈して、「潜きする」と訓むことも考えられる。しかし、それはつぎの3点より否定的に考える。

　一つ目は、この磯は、この歌を詠った時点では、舟を出すのも危険なほど潮が速く、かつその潮は沖に向かって流れている引き潮と考えられること。

　そのような磯で「潜きする」ことは、潜っている間に潮に流される危険性が高いため、あり得ないことである。

　二つ目は、万葉集において、「かづく」（活用形を含む）の表記は「潜」の字が20例、そのほか若干が一字一音で表記されているが、圧倒的に「潜」が用いられている。

　「かづきする」の表記に対し、「入潮為」と書かれた可能性は殆どない。

　三つ目は、「潜き」する海人の姿は、「釣り」や「網引」より万葉集に多く詠まれているが、前述のように「海人とか見らむ」「海人とや見らむ」と詠まれている歌には、出てこない。

　それは、潜きすることは、海人の仕事の中でも、普通の旅人にはできる仕事ではない危険な仕事であるために、それを旅人が行っていると想定し難いからである。

　「かづく」ことではないにしても、この歌は、作者が自分の姿を海人の姿と見られるだろうと詠んでいる以上、自分の姿と海人の姿が似た状況にあることが前提となっている。

　この歌において、まず自分の姿を潮が速いので磯廻にいることを明らかに説明しているので、海人も磯廻にいることになる。なぜ海人が磯廻にいるかを説明する詞が「入潮為」であり、「入潮為」は入り潮のため潮が速く、海に舟を出せずに磯廻で待機している海人の姿を

言っているものと考えられるのである。

　つぎの2首の歌は、いずれも船が波や潮の様子を見て待機している状況を詠んでいる。これらの歌に出てくる「礒隠り居て」「浦隠り居り」は磯廻や浦廻にいることであり、「さもらふ（ひ）」は「様子をうかがい、時の至るのを待つ。待機する。」の意（『古語大辞典』）である。

　　　388　（前略）潮騒の　波を畏み　淡路島　礒隠り居て　いつしかも　この夜の明けむと　さもらふに（中略）いざ子ども　あへて漕ぎ出む　にはも静けし
　　　945　風吹けば波か立たむとさもらひに都太の細江に浦隠り居り

　本難訓歌に詠われている状況は、上の2首とほぼ同じである。それゆえに、つぎのように、

　　　潮速み　礒廻に居れば　さもらへる　海人とや見らむ　旅行く我を

　と詠むところであるが、「海人とや見らむ」と譬えて詠む以上は、海人の行為に対して「さもらふ」という詞が相応しくないので、「入潮為」という詞を用いたと考える。

「入潮」時には、海人は海に出ず、必ず磯で待機することを知っていたであろう万葉人には、名詞「入潮」に「為」をつけて表記すれば、「入潮為」は海人が「入り潮時に磯で待機する」の動詞の意を表していることが理解できたのである。

　すなわち、「入潮為」は入り潮時に海人が磯で待機する行為を指している。

　本歌は、潮の流れが速く、舟が出ないので磯廻で待機している自分の姿を、同じように入り潮が速く海に出られず、磯で漁を待っている海人の姿に重ねて詠んでいるものである。

6　なお、「入り潮する」は6字の字余りであるが、句頭に母音「イ」があり、つぎにiの音節「リ」があるので、字余りの法則（佐竹昭広氏が提唱）に該当する。

これも「羈旅作」の題がある歌で、柿本人麻呂歌集の中にある歌である。

新しい訓

> 　吾妹子を　見つつ偲ばむ　沖つ藻の　花咲きたらば　**我に告げてよ**

新しい解釈

> 　（家で待っている）妻を、花を見ながら偲ぼう、沖つ藻の花が咲いたら、**私に知らせて下さい。**

■これまでの訓解に対する疑問点
　この歌の原文は、

　　「吾妹子　見偲　奥藻　花開在　**我告與**」

であり、多くの助詞・助動詞を添えて、定訓はつぎのように訓んでいる。

　　吾妹子と　見つつ偲はむ　沖つ藻の　花咲きたらば　**我に告げこそ**

私は、結句の「**與**」を「こそ」と訓むことに異議がある。

■新訓解の根拠
　まず、定訓が「**與**」を「こそ」と訓むことが正しいかどうか、検証する。

200

「告げこそ」に「與」以外の文字を用いている歌を、つぎに掲げる（各歌の後の括弧内の漢字は「こそ」に関する原文を示す）。

1498　暇<ruby>な<rt>いとま</rt></ruby>み来まさぬ<u>君</u>に霍公鳥**我れかく恋ふ**と行きて告げこそ
（徃而告社）

2083　秋風の吹きにし日より天の川瀬に出で**立ちて待つ**と告げこそ
（待登告許曾）

2129　明け暮れの朝霧こもり鳴きて行く雁は**吾が恋を**<u>妹</u>に告げこそ
（於妹告社）

2249　多鶴が声の聞こゆる田居に庵して**吾旅なり**と<u>妹</u>に告げこそ
（於妹告社）

2776　道の邊の草を冬野に踏み涸らし**我れ立ち待つ**と<u>妹</u>に告げこそ
（妹告乞）

3024　<u>妹</u>が目を見まく堀江のさざれ波しきて**恋ひつつ有り**と告げこそ
（有跡告乞）

「告げこそ」と詠われている上の6首は、「鳥などの他の物（人）」に、「自分の思いや行為」（太字で示した部分）を、「君や妹」（下線で示した部分）に告げて欲しい、との歌意の歌であることが分かる。

　また、当然のことながら、告げたいことを助詞の「と」あるいは「を」を伴って詠んでいる。

　したがって、これらの範疇に属さない歌である、本歌の「告與」を「告げこそ」と訓む合理性はない。

　結句の「與」は、普通に「よ」と訓む。

　この歌は、助詞、助動詞の表記が省略されており、第2句の「見つつ偲ば」の後に意志の助動詞「む」を添えたように、結句の「我に告げ」の後に完了の助動詞「つ」を添えて、「我に告げてよ」と訓むものである。

「てよ」は、完了の助動詞「つ」の命令形で、他への依頼・懇願などの気持ちを表す。

「我に告げてよ」は、花に依頼する形で、語りかけている表現である。

巻第10　2008番

「秋雑歌」の部の「七夕」の題にある歌。

新しい訓

> ぬばたまの　夜霧に隠り　遠くとも　妹が傳へは　**早く告げ
> てよ**

新しい解釈

> 〈ぬばたまの〉夜霧に籠もっていて妹の家から遠いけれど、妹
> の伝言は**早く告げてくれ**。

■これまでの訓解に対する疑問点

　結句の原文は、類聚古集は「早告而與」であるが、他は「早告與」で
ある。その訓は、神宮文庫本、西本願寺本、陽明本は「ハヤクツケテ
ヨ」、京都大学本、寛永版本は「ハヤクツケコヨ」、紀州本は「ハヤクツ
ケ、ヨ」であるが、元暦校本、類聚古集は「はやくつけてよ」とも「は
やくつけこよ」とも読める。

　現代の注釈書は、「早告與」を原文として「はやくつげこそ」と、
「與」を「こそ」と訓んでいるものであるが、すでに述べているように
「こそ」と訓む確かな根拠はない。

■新訓解の根拠

　私は、古い古写本である元暦校本、類聚古集の訓が平仮名で付されて
いるところ、「て」が渇筆のため「こ」と読み誤られ、その後の写本に
「てよ」と「こよ」が現れたと考える。

　したがって、原文は類聚古集の表記である「速告而與」であったと考
える。「與」の一文字で「こよ」とは訓めないからである。

「速告而與」は「早く告げてよ」と訓み、早く告げてくれ、と確認・強調している意である。

「こそ」の願望より、もっと強く念を押すように早く告げてもらいたい、との意思を表している。

巻第7　1258番　　　　　　　　　　（難訓歌・誤字説）

「臨時」の部にある歌。

結句に定訓がなく、難訓歌である。

黙然不有跡　事之名種尓　云言乎　聞知良久波　小可者有來
（もだあらずと）（ことのなぐさに）（いふことを）（ききしれらくは）

新しい訓

> 黙然あらずと　言の慰に　いふ言を　聞きしれらくは　稀に
> はありけり

新しい解釈

> 黙っていられないと、口先だけの気休めを言っている（リップサービス）と、聞いていて分かることが、稀にあるものです。

■これまでの訓解に対する疑問点

各古写本において、結句の原文 **「小可者有來」**、およびその訓が「スクナカリケリ」であることは、一致している。

しかし、この「スクナカリケリ」では、一首の意味が通じないとし、しかも「小可」を原文のまま訓もうとしないで、江戸時代より誤字説で訓まれてきた。

加藤千蔭の『萬葉集略解』によると、本居宣長は「小可」は「奇」の誤りとして「あやしかりけり」と訓んだといい、鹿持雅澄の『萬葉集古義』においては、「小可」を「苛」の誤りとして「カラクゾアリケル」と訓んでいる。

画数の多い難しい文字を二つに分けて誤記したというのならまだしも、画数の少ない簡明な文字である「奇」や「苛」を「小可」と、二文

字に書き誤ったというのは、甚だ理解できないことである。

　現代の注釈書は、「悪しくは」と「苛くは」に分かれている。

■新訓解の根拠

「可」には肯定、許容の義があり、「不可」は全部肯定しないこと、全部許容しないことであるが、「小可」の「小」は全部ではないことを表している。

　すなわち、「小可」は少しは肯定できる、許容できるの意であり、「小可者」を「稀には」と義訓できる。

「有來」は「ありけり」と訓み、この作者は、「小可者有來」を、そのようなことがあってはならないと詠っているわけではなく、そのようなことも稀にはあると許容しているのである。

「まれにはありけり」は8字であるが、句中に「あ」の単独母音が入っており、字余りが許される場合である。

「臨時」の部にある歌。折々に詠んだ歌であろう。

新しい訓

> 佐伯山　卯の花持ちて　愛し我　根をし取りてば　花は散る
> とも

新しい解釈

> 佐伯山の**卯の花を採って持っていると、堪らなく可愛いと思
> う私です。花は散ってしまおうとも、根まで採ってしまったの
> で。**

■これまでの訓解に対する疑問点

　定訓は、第2句の原文「**于花以之**」の「**之**」を回想の助動詞「き」の
連体形の「し」として、「卯の花持ちし」と訓んでいる。なお、『日本古
典文學大系』は「之は連体格を示す助辞と見て、モテルと試みに訓む。」
としている。

　つぎに、第3句の「**哀我**」について、定訓は「哀」を「愛しき」と連
体形で訓み、「我」を格助詞の「が」として「愛しきが」と訓んでいる。

　さらに、第4句の原文「**子鴛取而者**」の「**子**」は諸古写本において一
致しているが、契沖の『萬葉代匠記』が「子」は「手」の誤記として以
来、「手をし取りてば」と訓まれている。

　定訓による一首の訳文は、「佐伯山の卯の花を持っていたいとしい人
の手を取ることができたら、花は散って構わない。」（『岩波文庫　万葉
集』）である。

　しかし、「之」を回想の「し」と訓み、回想の歌とし、いとしい人が
卯の花を持っていたことの回想であれば、「花は散るとも」も回想の中

でなければ不自然であるが、原文も訳文も、歌の作者の現在の思いを述べているものであり、定訓による訓解には無理がある。

■ 新訓解の根拠

　第2句の「以之」の「之」は「于花」を指しており、佐伯山の于花、これを持っての意である。訓としては「之」は、『日本古典文學大系』が指摘するように助辞であり、「卯の花持ちて」である。

　第3句の「我」は文字どおり「われ」、「哀」は「かなし」で「身にしみていとおしい。かわいい。」(『古語大辞典』)の意。

　第3句「哀我」は、「愛し我」と訓む。
「上代では、シク活用の形容詞の場合は語幹(終止形と同形)が、体言を修飾する。」(『旺文社古語辞典新版』)とあり、「愛し」の語幹が体言を修飾している例は、3486番、3577番、4432番の各歌に「愛し妹」とある。

　また、上3句の最後に「我」と詠う例は、1306番歌に「うぢ山の黄葉の下の花を我」とある。

　第4句の「子」は「ね」の「根」と訓む。卯の花の根まで採ってしまったので、の意である。「子の日」に小松を根ごと引く古くからの行事を、契沖は知らず、「子」から「根」を連想できなかったのであろうか。

「根をし」の「し」は、強調である。

　男が、女を卯の花に見立てて、女を完全に自分のものにしたことを「根をし取りてば　花は散るとも」と譬喩して詠んでいる歌である。

これも「臨時」の部の歌。

新しい訓

> あしひきの　山椿咲く　八つ峰越え　**しか待つ君の**　斎ひ妻
> かも

新しい解釈

> 〈あしひきの〉山椿が咲く多くの峰を越えて、**鹿（女性）に逢**
> **うことを待っている君を、このように身を清めて待っている**君
> の妻であることよ。

■ これまでの訓解に対する疑問点

　第4句「**鹿待君之**」の「**鹿**」を、江戸時代の契沖、真淵、宣長以来、
今日まで動物の「シシ」と訓むこと以外に考えられていないが、それは
「山」や「峰」の歌詞に囚われた先入観によるものである。

　また、「待」を君が鹿を待つ意だけに解しているが、君の「斎ひ妻」
が何のために「斎ひ」しているのか、歌意不明である。

　さらに、猟師の君が鹿を待つと詠う歌に、「山椿咲く」の歌詞も不似
合いである。

■ 新訓解の根拠

　万葉集に「椿」は、つぎの歌を含め6首に詠まれているが、単なる花
ではなく、愛しい存在として詠われている。

　　3222　みもろは　人の守る山　本辺は　馬酔木花咲き　末辺は　椿
　　　　　花咲く　うらぐはし　山ぞ　泣く子守る山

4418　我が門の片山椿まこと汝れ我が手触れなな土に落ちもかも

　すなわち、夫が遠くにいる愛しい女の許へ行くことを「山椿咲く　八つ峰越え」と詠み、その女を鹿に見立てて、逢うことを待っている夫を**「しか待つ君の」**と詠んでいるものである。

　しかし、この**「しか待つ君の」**の句は2層の意味があり、結句の**「斎ひ妻かも」**にもつながっている。

「しか待つ君の」の**「しか」**は、副詞の「しか（然）」と訓み、「代名詞『し』に、情態を示す接尾語『か』が付いてできた語」（『古語大辞典』）である。「しか」の用例は、1291番歌「しかな刈りそね」、4211番歌「つげの小櫛　しか挿しけらし」にある。

　本歌では、上3句で詠われている上述の内容、すなわち、夫が山を越えて遠くの女に逢いに行っていることを指している。

　そんな状態の夫を、無事に帰って来るようにと、身を清めて家で待っている妻であることよと、下2句は詠んでいるのである。

　山にかかる枕詞「あしひきの」の表記に「足病之」とあるのは、そんな夫の悪弊を嘆く表記である。

『日本古典文学全集』は、「（あしびきの）山椿が咲く　峰々を越えて鹿をねらって待つあなたの　忌み妻でしょうかわたしは」と訳したうえで、「外出しがちで自分を顧みない夫に対して恨む女の歌か。」と注釈している。

さらに「臨時」の部にある歌。

定訓

> 西の市に　ただ独り出でて　目並べず　買ひてし絹の　商（あき）じ
> こりかも

新しい解釈

> 京の西の市に、ただ一人で行って、いろいろ品物を並べて迷
> わず、一発で見定めて買った絹である。これは**買い物上手を威
> 張れる**かも。

■これまでの解釈に対する疑問点

　この歌の作者は、平城京にあった西の市場に、高価な絹を買うために
一人で出かけ、あまり他の品物と比べて見ないで買ったというものであ
る。

　そのことを、作者は「商じこりかも」と総括している。

　これまでの多くの注釈書は「ただ独り出でて目並べず」の歌詞を、十
分買い物の絹を調べずに買って後悔している事情と解して、「商じこり
かも」を買い物に失敗したかもの意、と解釈している。

■新解釈の根拠

「ただ独り出でて目並べず」は、自分が買い物に自信があるから、他人
の意見など聞かなくとも、また、他の商品と見比べなくとも、良い絹を
選ぶ目がある、との意を詠っていると解することができる。

「しこる」には、「増長する。いばる。」（『古語大辞典』）の意がある。

　私は、子供のころ、奈良に近い和歌山県の北部で育ったが、「しこっ

てる」は「威張っている」の意味に使われていた。

　そうすると、「商じこりかも」は、自分が買い物上手であったことを威張っている歌となる。

　本歌の「しこり」の原文は「自許里」であり、2870番歌「しこり来めやも」の威張って来るの表記も「思許理」であり、表記が極めて似ているので、本歌の「しこり」も威張るの意であろう。

　また、どちらの用字も「自分を許す」「思いを許す」で、威張ることを思わせる用字といえる。

　さらには、人は、買い物で失敗したときより、良い買い物をしたとき、得をしたと思ったとき、他人にしゃべりたい気持ちがするもので、この歌も、買い物の失敗を詠ったものではなく、買い物上手を威張っている歌と解釈すべきである。

これもまた「臨時」の部にある歌。

新しい訓

> 大船を　荒海(あるみ)に漕ぎ出(で)　八船長(やふねた)け　我が見し子らが　目見(まみ)は
> しるしも

新しい解釈

> 大船を荒海に漕ぎ出して、**多くの船の操縦に長じて航行し、**
> その航行した先々の港で、私が関係した娘の目元がはっきり思
> い浮かぶよ。

■これまでの訓解に対する疑問点

　第3句の原文「**八船多氣**」の「八」を「や」と訓むことは一致してい
るが、注釈書は、その語義を「いよいよ」の意の「弥」と訓むものと、
「多い」の意の「八」と訓むものに分かれており、前者が多数説である。

　つぎに、「多氣」については、すべての注釈書は「縮く」の已然形
「縮(た)け」であり、船を漕ぐの意味であるとし、「八」を「弥」と解する注
釈書は、「いよいよ船を漕ぐけれども」(『日本古典文學大系』)と解釈し
ている。

　しかし、この訓解には2点の問題がある。

　一つは、直前の第2句において「漕ぎ出」と詠みながら、さらに「い
よいよ漕ぐ」というのは詞の重複で、拙劣すぎる。

　二つは、多くの注釈書自身が疑問を呈しているように、「縮け」が
「縮く」の已然形であれば、下に「ど」の表記がないのに逆接の前提条
件には解釈できないことである。

巻第7　1266番

■ 新訓解の根拠

「八船」は、多くの船の意である。

「**多氣**」は「長く」の連用形「たけ」。「長く」は「**ある方面に長ずる。円熟する。**」（『古語大辞典』）の意で、この歌の場合、「船の操縦に長じている」というものである。

　粋なマドロスが、港々で、女性にもてて関係を持ち、別れを惜しむというのは昭和の時代の歌謡曲によくあった歌詞であり、昔も今も歌は同じである。

　万葉時代、男女間での「見る」は、男女の交わりをすること、夫婦となって暮らすことである（『岩波古語辞典』）。

　なお第2句「榜出」の訓について、「漕ぎ出で」と訓んでいる注釈書が多いが、『日本古典文學大系』、中西進『万葉集全訳注原文付』および伊藤博訳注『新版万葉集』が訓んでいるように「漕ぎ出」と訓むべきである。

「漕ぐ」と「出づ」の複合語は「漕ぎ出」であって、「漕ぎ出づ」の詞がないことは、「Ⅰ」の8番歌の新解釈で既述した。

213

柿本人麻呂歌集出とある23首の旋頭歌のうちの一首である。

新しい訓

> 住吉（すみのえ）の　**波止場の公（きみ）が**　馬乗衣（うまのりころも）　さひづらふ　漢女（あやめ）をすゑ
> て　縫へる衣ぞ

新しい解釈

> 　住吉の**波止場の殿方**の乗馬服は（ハイカラだなあ）、鳥の囀
> りのように話す中国から来た女性を雇い入れて、縫った服であ
> るからなあ。

■ これまでの訓解に対する疑問点

　この歌の第２句の原文「波豆麻」を、注釈書は「はづま」と訓んで、
地名あるいは人名と解している。ただし、澤瀉久孝『萬葉集注釋』は土
屋文明『萬葉集私注』の説として「船の泊てる所の意で、住吉の埠頭を
さしたものであらう。波止場のハトを泊つの轉とするならば、ハツマは
正にハトバの原型であらう。」を引用し、「なほ考ふべきであるが、波止
場又はそれに近い意の言葉だと思ふ。」としている。

　また、注釈書は下初句の原文「雜豆中蘰」を「さひづらふ」と訓んで
いるが、「雜」（雑）の音は「ザツ」あるいは「ゾウ」であり、「サヒ」
と訓みうる根拠を示していない。

■ 新訓解の根拠

「波豆麻」を「波止場」であろうとする前掲土屋私注も、澤瀉注釋も、
「麻」を「ば」（場）と訓む理由を示していない。

　この歌は、比較的新しい字音である漢音を用いて表記しているものと

考え、「波止場」をすべて漢音で訓めば「ハトゥバ」である。

「麻」は漢音では「バ」であり「場」と訓めるのである。

「豆」を「ズ」と訓むのは呉音であり、漢音では「トゥ」である（『学研漢和大字典』）。「等」を「と」と訓むように、「豆」も「と」と訓める。

すなわち、「波豆麻」は「波止場」であり、地名ではなく、普通名詞である。

住吉の波止場は、外国からの人・物が我が国に入って来るところであり、外国人も居住し、舶来品も集まり、その地に住んでいる殿方はハイカラな装いを好んでいたことだろう。

上句は、単に住吉に住んでいる殿方ではなく、そこにある波止場に住んでいる殿方の馬乗衣を詠んでいるもので、波止場にいるハイカラを好む殿方の馬乗衣を題材にしているのである。

そして、その馬乗衣は、これも波止場でよく見かける外国から来た女性を、家に滞在させて縫わせたものである、だからハイカラであると下句で説明しているのである。

また、「雜豆中蘰」の「雜」を「さひ」と訓むことについては、地名の「雜賀」（さひか）の例を挙げることができる。

紀伊の国の「雜賀」を詠んだ歌が、つぎのようにある。

917　（長歌の部分）雜賀野ゆ（左日鹿野由）　そがひに見ゆる　沖つ島

1194　紀伊の国の　雜賀の浦に（狹日鹿乃浦尓）　出で見れば　海人の灯火　波の間ゆ見ゆ

「さひづらふ」は「漢女」の枕詞とする説があるが、外国語を話す女性の言葉は意味が分からず、それは鳥の囀りのようだと、そのようなハイカラな状況の中で縫われた馬乗衣であることを、具体的に表現しているものと考える。

　前掲23首の旋頭歌のうちの一首であり、これも柿本人麻呂歌集にある歌である。

新しい訓

> うちひさす　宮道を行くに　我が裳は破れぬ　**玉の緒の　思ひ捨てても**　家にあらましを

新しい解釈

> 恋人に逢いたい一心で〈うちひさす〉宮路に出て捜し回ったので、私のだいじな裳が破れてしまった、いっそ、**逢うことが少ないので逢いたいという思いを捨てても**、家に居ればよかったものを。

■これまでの訓解に対する疑問点

　定訓は、第5句の原文「**念委**」の「**委**」を「**妄**」の**誤字**として、「妄」は「ミダリ」との訓があるので、「**思ひ乱れて**」と訓んでいるものである。

　その理由として、多くの注釈書は、「玉の緒の」は枕詞で「ミダレ」に掛かることと、万暦校本などの一部の古写本に「みだれて」の訓があることを挙げている。

　なお、中西進『万葉集全訳注原文付』は、原文のまま「思ひ委せて」と訓んでいる。

■新訓解の根拠

「委」の意味に「すてる（すつ）」（『学研漢和大字典』）がある。「委棄」の「委」である。したがって、「念委」を「**思ひ捨てても**」と訓む。

　神宮文庫本、西本願寺本、京都大学本、陽明本、寛永版本には「ステ
テモ」の訓がある。

　また、第４句の「玉の緒の」は枕詞ではなく、「玉の緒」は3358番
歌に詠われているように、「恋人に逢うことの少なさ、短いことのたと
え。」(『古語大辞典』)で、「玉の緒の　思ひ捨てても」は、恋人に逢う
ことが少ないという思いを捨てても、の意である。

　この歌の「家にあらましを」の「まし」は、「不可能な希望（願って
もかなわぬことを前提にして希望を表し、ふつう後悔・不満の意をそえ
る）の推定の助動詞」(『古語林』)であるから、この歌の場合、希望は
家に居ることであり、願ってもかなわない前提は「恋人に逢いたいとい
う思いを捨てること」である。

　しかし、定訓による「思い乱れること」では、家に居るという希望を
願ってもかなわない前提にはならない。宮路に出て行っても、家に居て
も、「思い乱れること」は同じであるから、家に居ることの前提にはな
らないのである。「恋人に逢いたいという思いを捨てること」によって、
宮路に出て行かず、家に居られるのである。

これも旋頭歌で、柿本人麻呂歌集の歌である。

新しい訓

> 橋立の　倉椅川（くらはしかは）の　**石走りはも**　男盛りに　我が渡（わわた）りせし
> **石走りはも**

新しい解釈

> 〈橋立の〉倉椅川の**激流は変わらないなあ**、若い男盛りのとき
> に、私は**この激流を渡った**ものだなあ（今はできないけれど）。

■ これまでの訓解に対する疑問点

　これまでの訓例は、すべて第3句および結句の原文「**石走**」を「**石の
橋**」と訓んでいる。

　ただし、「石」を「いし」と訓むか、「いは」と訓むか、また、第5句
の「我度為」を「我が渡りせし」と訓むか、「我が渡してし」と訓むか、
が拮抗している。

　そして「渡りせし」と訓む論者は「渡った橋」と解し、「渡してし」
と訓む論者は「自分が作った橋」と解している。

「石走」を「石橋の」と訓む例は、597番歌および2701番歌にあるが、
「間」「遠き」にかかる枕詞として用いられている場合である。

　石橋の意で用いられている歌は、「石橋」の文字で196番に、「石走」
の表記で1126番および2288番に、それぞれにある。

　それゆえ、本歌の「石走」も「石橋」の借訓仮名として一応考えられ
るが、「の」が入った「石の橋」の借訓は考えられない。また、「石走」
を「いしはし」あるいは「いははし」と訓んだ場合、第3句および結句
の二句ともが完全に字足らずの句となる。

　したがって、本歌において、「石走」を「石の橋」あるいは「石橋」
と訓むことには、いずれも疑問がある。

■ 新訓解の根拠
「**石走**」を「**いはばしり**」と訓む。川の水が岩に激しくぶつかって流れ
る「**急流**」の意である。
「石走」を「石橋」ではなく、「激流」の意味の「石走り」「石走る」と
詠んでいる歌が、つぎのようにある。

　　991　石走りたぎち流るる泊瀬川絶ゆることなくまたも来て見む
　　3025　石走る垂水の水のはしきやし君に恋ふらく我が心から

　本歌の作者は、若いとき、この歌に詠われている倉椅川の近くに住ん
でおり、久しぶりに倉椅川の変わらぬ激流を見て、若い男盛りのとき
は、この激流を自分の足で（あるいは、泳いで）渡ったものだ（今はで
きないけれど）と感慨に耽っているのである。
「はも」（者裳）の意は、「哀惜の情を込めた詠嘆を表す。」（『古語大辞
典』）である。
　これを「石の橋」と訓解すると、若いときに渡った石橋としても、
「男盛りに」と詠むのは不自然。男盛りと強調しなくとも、石橋は渡れ
るから。
　本歌の直前の1282番歌には倉椅山と雲、直後の1284番歌には倉椅川
と「しづ菅」と、いずれも故郷の自然物を懐かしんで詠っている歌であ
り、本歌は倉椅川の激流を詠っているもので、人が作った橋ではない。

さらに、旋頭歌で、柿本人麻呂歌集の歌。

新しい訓

> 垣越しに　犬呼び越して　鳥猟する君　青山の　**葉茂き山辺**
> **に**　馬休め君

新しい解釈

> （鳥狩りに、また出かけようとして）垣根越しに犬を呼んでい
> るあなた、（そんなに鳥狩りに夢中にならないで）青山の**木の**
> **葉が茂っている辺りに**、馬を休めて下さい、あなた（私と一緒
> にいましょう）。

■これまでの訓解に対する疑問点

　第4句、第5句の原文「**青山葉茂山邊**」に対する各注釈書の訓解は、
『新編日本古典文学全集』が、「『葉繁き』シゲシの類義語モシを用いて、
古葉略類聚鈔のように、ハモキヤマヘニと読むことも可能。」とするほ
かは、「葉」を衍字・不読字として訓まないか、「葉茂」の2字で「繁
き」と訓むとするものに分かれ、「青山の　繁き山辺に」と訓んでいる。

■新訓解の根拠

「葉茂」の「茂」は「もき」と訓み、形容詞「茂し」の連体形で、「茂
し」は「草木の盛んに生長しているさま。繁茂しているさま。」（『古語
大辞典』）。

　万葉集では、185番歌に「岩つつじ　もく咲く道を」がある。

　また、本句を「茂き」と訓むことは、前述のように、『古葉略類聚鈔』
に先訓がある。

　この女性が詠んでいる主旨は、単に、木が茂っている山というのではなく、他人から見えない木の「葉陰」が十分ある辺りといっているものであり、それは逢瀬の場所を意味し、草叢の草を刈るというのと、同じ発想である。

　したがって、この女性にとって、木の葉が茂っているところで休みましょう、人目の付かないところで一緒に居ましょうと詠んでいるもので、「葉」を訓まないことはあり得ないことである。

『古葉略類聚鈔』および前掲『新編日本古典文学全集』の訓が相応しいのである。

「譬喩歌」の部立の歌で、「衣に寄す」と題のある歌。

新しい訓（旧訓）

> 今作る　斑の衣　**目につきて**　我れに思ほゆ　いまだ着ねども

新しい解釈

> 今作っている斑模様の衣は、まだ着ていないけれども、**目に好ましく見える**、と私には思える。

■これまでの訓解に対する疑問点

諸古写本の第3句の原文は、「**面就**」で一致しており、訓も「**メニツキテ**」あるいは「**メニハツキ**」となっている。

ところが、注釈書は、「就」を「影」の誤字として、ほとんどが「**面影に**」と訓んで、つぎのような注釈をしている。

『日本古典文學大系』

　　この歌、『夫木和歌抄』に「おもかげに」と訓あるにより、就は影の行書体の誤写と認める。（佐竹昭広氏説）

『日本古典文学全集』

　　「面」は、メ甲類の仮名に用いた例があり（873など）、メ乙類のはずの「目」を表わすのに不適。

澤瀉久孝『萬葉集注釋』

　　「面」は「麻通羅佐用嬪面」（5・873）、「美奴面」（15・3627）など甲類該当の假名で、「目」は乙類で当らない。

　これらの論者は、「面」を「目」に訓めない理由として、甲類・乙類の仮名違いを指摘しているが、上に引用の873番歌の前後5首に、いずれも「まつらさよひめ」あるいは「さよひめ」が詠われており、つぎのように表記されている。

　　871番歌　「麻通良佐用比米」
　　872番歌　「佐用比賣」
　　873番歌　「麻通羅佐用嬪面」
　　874番歌　「麻都良佐欲比賣」
　　875番歌　「麻都良佐欲比賣」

　すなわち、「ひめ」の「め」に、甲類の仮名といわれる「賣」と、代表的な乙類の仮名「米」が近接して用いられているのである。論者がいうように甲類・乙類の仮名の使用は必ずしも厳格ではなく、その混用は万葉集において少なからずある。

　したがって、873番歌の「面」が甲類の「め」であるから、1296番歌の「面」を乙類の「め」である「目」として訓めないなどとは断定できない。

■新訓解の根拠

「面就」を「目につきて」と訓む。

「面」の音は「めん」であるが、「ん」は「に」と訓み「めに」と二音節仮名として訓むことは、「Ⅰ」の1番歌などで詳述した。

「目に付く」は「面影や印象が目に焼きつく。」「見て気に入る。」の意である（『岩波古語辞典』）。

　この歌は、譬喩歌の部立にある歌であるから、交際を始めて、まだ密に逢っていない（斑にしか逢っていない）相手を「斑の衣」と譬喩し、「いまだ着ねども」はその相手と「結ばれていない」ことである。

　しかし、「目につきて　我れに思ほゆ」と、好印象で、気に入った相手であると詠んでいるもので、この歌は「衣に寄す」の歌であるので、「斑の衣」の「まだら」に寄せて、詠っている歌である。

　なお、『岩波文庫　万葉集』は、「斑の衣」の「斑」を濃淡の一様でない美しい衣と解し、美しい女性を託しているという。

「譬喩歌」で、「木に寄す」の題のある歌。柿本人麻呂歌集の歌である。

新しい訓（旧訓）

天雲の　たなびく山に　隠（こも）りたる　吾（あ）を忘れめや　木の葉知るらむ

新しい訓

天雲のたなびく山に隠るように心を隠らせている**私のことを（あの人は）忘れただろうか**、山の**木の葉は私の心を知ってくれているだろう**。

■これまでの訓解に対する疑問点

各古写本の原文を確認する前に、第４句の原文「吾忘」の「忘」の字体について、予備知識が必要である。

「忘」は「亡」に「心」と書くが、「亡」は人がL印の囲いに隠れて姿を見せなくなることを示し、「L」の内に「人」を書き入れた字形であり、その下に「心」を書いたものが「忘」の本字とされている（『学研漢和大字典』参照）。

また、草書体で「忘」は、「亡」の部分は「E」に近い字形で書かれ、その下に「心」を書く。

そこで、1304番歌の各古写本を見てみると、「忘」と楷書体で書かれているのは京都大学本と寛永版本（ただし、「亡」の「L」の部分が「工」）、上述した草書体で書かれているのは、元暦校本、類聚古集、広瀬本、紀州本、西本願寺本および陽明本である。

神宮文庫本は、上述の説明の本字で書かれている。

したがって、いずれの古写本も「吾忘」の表記であり、かつ、訓もす

べて「ワレワスレメヤ」（神宮文庫本は「ワガ」）となっている。

　ところが、江戸時代の加藤千蔭『萬葉集略解』に、「宣長云、忘は下心二字の誤りて一字に成りたるなり」とあることから、「**ワガシタゴコロ**」と訓まれるようになり、「**吾が下心**」が定訓になっている。

■ 新訓解の根拠
1　同じ「我れ忘れめや」と詠まれている歌に、つぎの歌がある。

　　　1482　皆人之　待師宇能花　雖落　奈久霍公鳥　吾将忘哉
　　　　　　（皆人の待ちし卯の花散りぬとも鳴く時鳥我れ忘れめや）

　いま「我れ忘れめや」と訓まれている結句の「吾将忘哉」の「忘」の字体を、1304番歌の「忘」と比較してみると、つぎのとおりである。

	1304番の字体	1482番の字体
類聚古集	「亡」の部分「E」	「亡」の部分「E」
紀州本	「亡」の部分「E」	「亡」の部分「E」
西本願寺本	「亡」の部分「E」	「亡」の部分「E」
京都大学本	「忘」	「忘」
広瀬本	「亡」の部分「E」	「亡」の部分「E」
寛永版本	「亡」の「乚」が「丄」	「亡」の「乚」が「丄」

　すなわち、多くの古写本において、1304番の「忘」の字体が1482番の「忘」の字体と全く同じ（筆跡も同じ）であるから、1304番の「忘」が「下心」の二字の誤字というのであれば、1482番の「忘」も「下心」と訓まなければならなくなる理屈である。しかし、1482番歌において、「下心」と訓めば、歌が全く解せなくなる。

　よって、1482番歌において「忘れめや」と訓まれている同じ字体の「忘」を、1304番歌においては「下心」の誤りとして、「下心」と訓むことの合理性は全くない。

　歌の内容からも、1304番歌は「天雲のたなびく山に隠りたる吾」と詠んでいるのであるから、さらにそのつぎに、心の底に秘めた思い

の意である「下心」と続けることは歌として稚拙である。初句から第３句までの歌句の「隠りたる」と、「下心」の「下」の意味が重複することと、「下心」を詠うのに「天雲のたなびく山に隠りたる」と上にある事象をもって表現するのも不自然である。

2　山の木の葉が人の心を知ることを詠った歌は、291番にもある。

　　　291　真木の葉のしなふ背の山しのはずて我が越えゆけば木の葉
　　　　　　知りけむ

　この歌は、家にのこしてきた妹を思い出させる「背の山」を、妹を慕ばずに越えて行ったら、木の葉はそれを知ってしまうことだろう、という歌意である。

　この歌と同様に1304番の歌も、「人が何何であったら、木の葉は知っているだろう」との構成の歌である。

　第４句「忘れめや」は相手の女性が、隠っている歌の作者を忘れるだろうかというもので、結句は、そうであっても、木の葉は知ってくれているだろうと詠んでいるものである。

　それを、「吾が下心」と訓んでしまうと、単に、自分の気持は山の木の葉が知っているだろうということになり、自分の心（恋心）を知っていてもらいたい相手の女性のことが歌から消えてしまい、全く素気ない歌となってしまう。

　すなわち、人間である相手の女性は自分のことをたとえ忘れることがあっても、少なくとも自分が隠っている山の木の葉は、自分のことを知ってくれているだろうと、相手の女性と木の葉を対比して詠んでいる、この歌の歌趣が失われる。

　この歌は、前述のように「譬喩歌」の部立の中にあり、かつ「木に寄す」との題がある歌である。

　「天雲のたなびく山に隠りたる」は、遠い、深い山の中に隠るように、自分の相手を思う気持ちも、密かで深いことに譬え、それを相手は気づかずに忘れただろうか、というのである。

　しかも、山に隠れている譬喩にちなみ、山の木の葉はそれを知ってくれていると、自分の気持ちを「木の葉」に寄せて詠った歌であるの

に、「木の葉」に相手の女性を譬えた歌と誤解したことが、「下心」の誤訓を招いたものと思われる。

　すなわち、譬えているものと、寄せているものの区別ができなかったものである。

　定訓のように訓む現代の注釈書の多くも、「木の葉」を恋人の譬え、と注釈している。

　これも、「譬喩歌」の「木に寄す」と題のある歌で、柿本人麻呂歌集
の歌である。

新しい訓

> 　見れど飽かぬ　人国山の　木の葉をぞ　己(おの)が心に　懐(なつ)きて思
> ふ

新しい解釈

> 　いくら見ても見飽きない、他国の里に住む女性のことを、自
> 分の心に**馴れ親しんで思うことよ。**

■これまでの訓解に対する疑問点

　第4句の原文「**己心**」を、「我が心から」、あるいは「下の心に」と訓
む説があり、訓が定まっていない。

　後者は、この歌の直前の1304番歌の「忘」を「下心」の二字の誤記
とする説の影響をうけて、この歌においても「己」を「下」と訓むとい
うもので、論外。

　結句の原文「名著念」の「**名著**」を「**懐かしみ**」と訓むことは一致し
ており定訓になっている。

　しかし、「懐かしみ」は「懐かしむ」の連用形で、「《『なつかし』の動
詞化》懐かしいと思う。慕わしいと思う。」(『古語大辞典』)の意味であ
る。

　したがって、「懐かしみ」には「思う」ことが含まれているので、「懐
かしみ思ふ」は「懐かしみ思いて思う」ことになり、重複し、この訓は
あり得ないことになる。

■ 新訓解の根拠

「名著」は「懐く」の連用形に助詞「て」を添えて、「懐きて」と訓む。

「懐く」は「親しみ近づく。なれ親しむ。」（前同）の意。

「て」を添える例は、直後の1306番歌「小端見」（はつはつに見て）にある。

「人国山の　木の葉」は、自分が住んでいる里ではなく、他の国に住む女性のことを隠喩しているもの。

「葉」は、散りやすいものの譬えに用いられ、この歌においても、相手の女性をはかない存在と詠んでいるものである。

同じく「譬喩歌」にある「花に寄す」の題がある歌で、これも柿本人麻呂歌集の歌である。

新しい訓

> うぢ山の　黄葉の下の　花を我　はつはつに見て　**かへりて恋ひし**

新しい解釈

> （寓意）
> 　宮中の﨟たけた女（年配の美しい女）たちの下で仕えている花のような若い女を、私はちらっと見たので、**反って恋しく思われる。**

■これまでの訓解に対する疑問点

　結句の原文「**反戀**」について、古写本における訓をみると、「さらにこひしき」と「カヘルコヒシモ」が拮抗している。

　注釈書は「なほ恋にけり」が大勢である。

　それは、澤瀉久孝『萬葉集注釋』によれば、佐竹昭広氏が「戀」を「戀にけり」と訓むべきだとし、「反」を「なほ」と訓んだことによるという。

　そして、「ナホコヒニケリ」の用例として、つぎの7つの歌句を掲げる。

「尚戀二家里」（117番、2279番）　「猶戀在」（2383番）
「猶戀」（2845番）　　　　　　　　「猶戀尓家利」（3062番）
「尚戀來」（3134番）　　　　　　　「奈保古非尓家里」（4445番）

　しかし、「反」を「なほ」と訓んだ例ではなく、また「けり」と訓んでいる句は、2845番以外すべて「けり」と訓ませる文字（家里、家利、來）がある場合である（なお、2383番は「なほ恋ふるなり」である）。

　2845番歌は人麻呂歌集の省略体表記の一首で、「なほに恋ひしき」と訓むべき場合である。このほか、前掲澤瀉注釋は、同じ人麻呂歌集の省略体表記の歌である2426番「吾戀」についても「吾恋にけり」と訓むべきとしているが、これも「吾は恋しき」と訓むのが自然である。

　というのは、人麻呂歌集は省略体表記の歌であっても、「けり」と訓ませている場合は、つぎのように「けり」に当たる「來」の文字が表記されているからである。

　　2414番（來）　2435番（來）　2462番（來）　2465番（來）

　したがって、本歌の結句を「けり」と訓む理由はない。

■ 新訓解の根拠
「はつはつに見て」の「はつはつ」は、「ほんのちょっと」の意で、701番歌「はつはつに　人を相見て」、2411番歌「袖をはつはつ　見しからに」の例がある。
「反」は「かへりて」と訓む。その意味は、「反対に。逆に。」である。「かへりて」と詠われている万葉集の歌として、1633番歌がある。
「反」を「なほ」と訓む論者も、その意味は「かえって」の意であるとしているので、ここは直接に「かへりて」と訓むべきである。

　その上で「戀」は「恋ひし」と訓み、「ちょっと見たことが、かえって恋しい」と解釈する。よくよく見て恋しくなるのが通常であるが、この場合、ちょっと見たことが恋しい原因である、との気持ちを表現しているもの。

　この歌は、譬喩歌であるから、何を譬喩している歌か解釈しないで、この歌の訓解が完結したことにはならないのに、ほとんどの注釈書は、譬喩を明らかにしていない。
『新潮日本古典集成』は「黄葉の下の花　若い女を譬えた。」、中西進『万葉集全訳注原文付』は「隠れて咲く花。そのような状態の女の譬

喩。」としている。

「花」は「若い女」であることは分かっても、「是山」も「黄葉下」も何を譬喩しているか、分かりにくい歌である。

　私は「是山」は、定訓の「この山の」ではなく、「是」は「氏」の通用として「うぢ山の」と訓む。2427番歌および2430番歌に「是川」、2429番歌に「是川瀬」と訓まれ、「宇治川」のこととされている。

「うぢ山の　黄葉」とは「内裏の築山の黄葉」のことで、宮中で、年功を積んで美しさが増した﨟たけた（『古語大辞典』）女性たちを譬え、その女性たちの下で仕えている娘子を、黄葉の下の「花」に譬えている。

　そして日ごろ、よく目にする﨟たけた女性より、それらの女性の間でちらっと見た若い娘子に反って心惹かれると、「花」に思いを寄せて詠んだ歌である。

「譬喩歌」で、「衣に寄す」と題のある歌。

定訓

> 橘の　島にし居れば　川遠み　曝さず縫ひし　我が下衣

新しい解釈

> 　橘の花が咲いている島に居るような、色白で芳しい香りのす
> る女性なので、川が遠くて、布を曝らすことなく縫った下衣を
> 身に着けるように、そのままの状態で妻としたことだ。

■これまでの解釈に対する疑問点

　多くの注釈書は「**橘の島**」について、「奈良県高市郡明日香村橘の島
ノ庄であろうか。ただし、ここは飛鳥川から遠くない。」（『日本古典文
學大系』）などと、地名と理解して、歌趣に疑問を呈している。

　私は、つぎに述べるように「橘の島」は**固有名詞の地名ではない**と考
える。

■新解釈の根拠

　橘と島を詠った歌として本歌のほかに、つぎの歌がある。

　　4266　（長歌の部分）もののふの　八十伴の男の　島山に　あかる
　　　　　橘　うずに刺し
　　4276　島山に　照れる橘　うずに刺し　仕へ奉るは　卿大夫たち

　これらの歌により、「島山」は庭園の池の中にある築山で、橘はそこ
に植えられていたことが分かる。また、両歌とも「うず（頭）に刺し」

233

とあり、**橘の花は香りが芳しいもの**と思われていたのである。

　この歌は、譬喩歌のうちの「衣に寄す」の一首で、直前の1312番は「下に着て　なれにし衣を　取りて着めやも」、1313番は「深染めの衣下に着て」および1314番は「解き洗ひ衣の」と、**「衣」はすべて「妻」を譬えている**ので、本歌の「我が下衣」も「我が妻」と解される。

　そして、その妻とした女性が「橘の島にし居れば」と詠んでいるのは、当時、橘と言えば、その花の白く香しいことを連想したので、橘の木が植えてある島山に居る女性といえば、色白の芳しい香りの女性であることを意味したのである。

　「川遠み　曝さず縫ひし　我が下衣」は、下衣を縫う作業に寄せて妻を娶ったことを詠んでいるもので、通常、衣を縫うときは布を曝して白くしてから縫うが、川が遠いのでそれをしない場合のように、島山に居た女性は白く芳しいので、川水で曝すこともなく、手間をかけないで、いきなり妻にしたというものである。

　なお、「曝さず」は「人目にさらさず」の意も響かせているので、妻といっても隠し妻であったのだろう。

　注釈書は、下3句の「川遠み　曝さず縫ひし　我が下衣」は妻を娶る譬喩とするが、上2句の「橘の　島にし居れば」を譬喩と解さないため、「よく見極めないで結婚してしまった。」（前掲古典文學大系）と、娶ったことを嘆く意に解しているものが多い。

「譬喩歌」で、「玉に寄す」の題がある歌。

新しい訓（旧訓）

> 白玉を　手には巻かずに　箱のみに　置けりし人ぞ　**玉溺れ**
> **しむ**

新しい解釈

> 白玉を常に手に巻いて大切にせず、箱に入れたままにしてお
> く人は、**玉を生かさず溺れさせてしまうようなものだ。**

■これまでの訓解に対する疑問点

　結句の原文「**玉令泳流**」の「**泳**」の字の「さんずい」の草書体は「ご
んべん」のそれと近似しており、諸古写本において「詠」と読める字も
ある。しかし、訓はすべて「オホレスル」であり、「詠」と読める古写
本においても同じである。

　すなわち、旧訓はすべて「**泳流**」を「**溺れる**」と訓んでいたのであ
る。

　しかし、現代の注釈書は「詠」を原字として、「詠は吟と同じ。名義
抄に吟　ナゲクとある。」として、「真珠にさびしい思いをさせます。」
（『日本古典文學大系』）と訳し、また、「原文『詠』は詠嘆、嗟嘆の意。」
として「玉を嘆かせるのだ」（『日本古典文学全集』）と訳している。

■新訓解の根拠

　玉を女に擬え、「白玉を　手には巻かずに　箱のみに　置けり」とは、
男が女をいつもそばに置いて愛することなく、家に閉じ込めて放置して
いること、を寓意している。

それは、海の底にあった貝の玉を再び溺れさせるようなものだ、というのである。

「令泳流」は「溺れしむ」と訓み、「令」は「しむ」で使役の助動詞である。「溺る」は「おぼほる」の約で、生気を失わせることである。

　玉すなわち女性を閉じ込めておき大切にしないことは、海の底にある真珠の玉を潜って獲ったのに、再び海底に閉じ込めて溺れさせるようなものだ、の意味である。

　前掲の注釈書は、「泳」の字を「詠」として、「詠」には「なげく」の意がないのに、「吟」や「嘆」「嗟」との複合語を持ち出して、それらの語の意をもって、「詠」を「なげく」と訓み、本歌は女性を嘆かせた歌と解しているが、無理がある。

「玉」すなわち女性が嘆くの解釈では、「玉」を女性に譬喩しているだけで、「玉」の状態に寄せた「玉に寄す」の歌の解釈ではないからである。

　もともと海底にある「玉」が溺れるという状況に寄せて、閉じ込められた女性を溺れさせると詠んでいると解釈すべきである。

「譬喩」と「寄す」を区別して、何が譬喩か、何が寄すかを解釈する必要がある。

「譬喩歌」で、「玉に寄す」と題がある歌。
　初句が未定訓で、難訓歌である。

照左豆我　手尓纏古須　玉毛欲得　其緒者替而　吾玉尓将為
（てにまきふるす）（たまもがも）（そのをはかへて）（わがたまにせむ）

新しい訓

> **照る左頭が**　手に巻き古す　玉もがも　その緒は替へて　我
> が玉にせむ
（さとう）

新しい解釈

> **立派な左寮の頭が**手に巻いて、古くなっている玉を貰いたい
> ものだ、その緒を替えて私の玉としよう。

■これまでの訓解に対する疑問点

　この歌の第2句以下は、「手に巻き古す　玉もがも　その緒は替へて
我が玉にせむ」であり、訓も意味も明瞭である。初句の「**照左豆我**」
は、その「手に巻き古す玉」を持っている人ということになる。

　注釈書の多くは、「照左豆我」に「**てりさづが**」と訓を付しているが、
「未詳」として、語義を説明していない。

　江戸時代の契沖は、「てる」は物をほむる意で「さつ」は薩男（猟師）
とし、荷田信名は、「てらふ」は物を売ることで、この歌の場合は玉売
人であると言っていた。近くは、誤字説により「ワタツミガ」と訓む井
上通泰『萬葉集新考』や、夜に猪鹿を射る「照射者」であるかとする土
屋文明『萬葉集私注』がある（以上は、澤瀉久孝『萬葉集注釋』によ
る）。

　また、伊丹末雄『万葉集難訓考』は、「左」を「比」の誤字として

「比豆」を「人」、「照人」を「ウマヒト」と訓んで、貴人の意と解している。

■ 新訓解の根拠

「**照左豆我**」すなわち「**照る左頭が**」と訓む。

まず、「左」は、左右大舎人寮、左右衛士府、左右兵衛府、左右馬寮、左右兵庫寮などの役所の名称の「左」である。

このうち、左右馬寮の最高官位が「頭」であった。

難訓歌の「豆」はその「頭」のことで、「とう」と訓む。「頭」は、従五位の人が任命された官位である。この難訓歌の「左豆」は「左馬寮」の「頭」ということである。

源氏物語には、「頭中将」、「左馬頭」の語がでてくる。

「照」は「照る」の連体形で訓み、「美しく輝く」の意であるが、この歌では「立派な」とか「今をときめく」の意で、多数の下級官人を従え、羽振りの良い地位にあることを意味している。

「譬喩歌」の中の「玉に寄す」との題のある歌で、「玉」に女性を譬喩し、古い玉の緒を替えることに寄せて、羽振りの良い上官の古くなった女性を貫い受けたいという歌である。

上の役所名および官名は、万葉時代の終わりころ施行された養老律令に拠るものであるが、その前の大宝律令の時代から同様の役所名・官名があったと思われる。

「てるさとうが」は6字であるが、句中に単独母音「う」が入っているので、字余りが許される。

「譬喩歌」で、「獣に寄す」と題のある歌。

新しい訓

> 三國山　木末に棲まふ　むささびの　**し待つ鳥ごと**　我待ち
> 痩せむ

新しい解釈

> 三国山の木の枝の先に生息している、むささびが**鳥のように**
> **飛び立つことを待っているときと同じ**で、私も娘子の反応を
> 待って、緊張で痩せてしまうだろう。

■これまでの訓解に対する疑問点

　多くの注釈書は、第4句の原文は「**此待鳥如**」であるのに、「**此**」を
無視して「**待鳥如**」として、むささびの「**鳥待つがごと**」と訓み、むさ
さびが鳥を捕らえようと待つように、と解釈している。

　しかし、『日本古典文学全集』が「ただし、むささびは木の実や葉・
樹皮などは食うが鳥などを捕食することはないという。」と注釈してい
るとおりで、「むささびの鳥待つがごと」を、むささびが鳥を捕らえよ
うと待つように、と解釈することは自然現象に反するものである。

　しかし、その後の注釈書は訓解を改めようとしないで、相変わらず
「鳥を待つ」と解釈している。「Ⅰ」の16番歌の訓解もそうであったが、
これまで訓解の根拠にしていたことが、その後に否定されるようになっ
ても、これまでの訓解を改めようとしないのが、これまでの万葉集研究
の実態であり、不思議な研究分野である。

■新訓解の根拠

「此待鳥如」の「**此**」を音の「**し**」と訓み、指示代名詞の「し」(其)である。

むささびは、鳥ではないが、木の枝から枝に滑空することで知られている。この歌の作者も、このことを知っていた上で、それを「し」(其)と代名詞で表現している。

すなわち、「し」は飛ぶこと、滑空することを指しているのである。そして鳥と違い、むささびは滑空しようとして木末で待っているときは、その機を図り緊張するだろうと想像しているのである。

そのむささびの状況と同じで、好きな異性の反応を待っているとき、私は緊張のあまり痩せてしまうだろう、と詠っているものである。

以上のように、「し待つ鳥ごと」は、むささびが鳥を捕まえるため待つようにではなく、この句の「鳥」は飛ぶことの象徴として用いられており、むささびが鳥のように飛ぶのを待っているときのように、の意である。

「むささびの　し待つ鳥ごと」の歌句の中に、むささびが飛ぶこと、滑空すると詠まれていないが、読者も当然それを知っているものとして、「し」(其)の代名詞でそれを表現している。

読者が当然知っていると思われることは説明せず、代名詞で表現するのが、歌の技法である。

892番歌「しか吹かひ」、1262番歌「しか待つ君の」の「しか」の「し」、本歌の「し待つ鳥ごと」にみられるように、これまでの万葉歌の訓解は、代名詞「し」の訓解を疎かにしており、これも「まえがき」で述べた通弊に当たると思う。

240

「譬喩歌」で、「雨に寄す」の題がある歌。

新しい訓

> はなはだも　降らぬ雨ゆゑ　にはたづみ　**太くな行きそ**　人
> の知るべく

新しい解釈

> そんなにも多く降った雨ではないから、にわたづみよ、**太く
> 流れるな**、きっと人に知られるに違いないから。
> （寓意）
> そんなに多く逢いに来てくれないのだから、来たからといっ
> て、**大きな態度で帰って行かないで**、きっと人に知られるに違
> いないから。

■これまでの訓解に対する疑問点

　定訓が、第４句原文「太莫逝」の「太」を「いたく」と訓む理由について、澤瀉久孝『萬葉集注釋』は「太」は玉篇に「甚也」とあると述べている。玉篇は中国の辞書。

　しかし、万葉集では「いたく」には「甚」あるいは「痛」「疾」の文字が用いられており、「太」の文字が用いられている例はない。

　また、「太」には「はなはだ」の意がある（『学研漢和大字典』）が、「いたし」はない。初句で「はなはだも」と詠んで、第４句でも同じような語句「いたく」と詠うのでは詞が重複する。

■新訓解の根拠
「太」は、普通に「ふとし」の連用形「ふとく」と訓む。

「太莫逝」は、「**太くな行きそ**」と訓み、にわたづみの水の流れが太く流れて行くな、の意味である。

　にわたづみは、地面に急に雨が降ると、地中に浸みる間のない地上に溜まった雨水が、低い方を求めて地表に条となって流れて行く現象のことである。

「にはたづみ　太く」は、その水流の太いことを表現しているのである。

「いたく」の定訓により、注釈書は、「流れ水もひどくはゆくな」（澤瀉前著）、「激しく流れてゆくな」（『岩波文庫　万葉集』）などと訳しているが、「にはたづみ」の状態の表現としては、太くがその状態に相応しいのである。

　この歌は譬喩歌であり、あまり訪ねて来ない男を、たまに降る雨に譬喩し、その結果である「にはたづみ」に寄せて、たまに訪ねて来たからといって、「たくましく」あるいは「物に動じない」状態で帰って行かないで、他人に知られてしまう、と心配している女の歌である。

「太し」は、「物に動じない。たくましい。」（『古語大辞典』）の意がある。

　また、心の状態を「太」と形容する用例としては、190番歌「太心者」（ふときこころは）とある。

あ と が き

　私が万葉歌の訓解に関心をもつようになったのは、70歳を過ぎてからのことで、その研究期間は10年程ですが、この期間に費やした時間は20〜30年間の研究に相当するものと自負しています。

　そもそも、そこに至った経緯を略述しますと、高校生のときの国語担当の木地春子先生（旧姓・増田）より卒業後に頂いた便りに、いつもその季節の短歌が2首添えられていたこと、その薫陶もあって、40歳になって一時期、毎日短歌を詠むようになり、当時、『日本経済新聞』に歌人・生方たつゑ氏が選者で、毎週3首が選ばれる添削歌欄に私の歌が掲載されたこと、50歳からの海外旅行で撮った写真を、60代に短歌を添えて『写歌集』として出版しましたが、その短歌に対し、歌の先輩である渡部良三氏が古語を用いて詠んだ参考歌を示して下さり、それ以降、私は短歌に古語を用いて詠むようになりました。

　ちょうどそのころ、水垣久氏管理のウェブサイト「やまとうた和歌」の「百人一首に唱和しよう」に応募して、そこで詠んだ100首を68歳のとき『百人一首と遊ぶ　一人百首』として出版しました。引き続き、古今集の歌、新古今集の歌各100首に対しても唱和歌を詠み、『平成歌合　古今和歌集百番』『平成歌合　新古今和歌集百番』として各上梓しました。最後に、万葉集の131首に対し唱和歌を詠み、『新万葉集読本』として出版しましたが、そのとき万葉歌のこれまでの訓解に疑問をもつようになり、また、いまだ定訓のない歌があることを知り、その訓解に挑戦し、『万葉集難訓歌』を著しました。

　このように、私が万葉歌の訓解に関心をもったのは古歌に唱和しようとしたことが端緒であり、この点において、職業専門家の万葉歌訓解の研究動機や環境とは全く異なるものです。

令和4年12月

　　　　　　　　　　　　　　　　　　　　　　　上 野 正 彦

上野　正彦（うえの　まさひこ）

【主な職歴】
弁護士（現・50年以上）
公認会計士（元・約40年）

【古歌に関する著書】
『百人一首と遊ぶ　一人百首』（角川学芸出版）
『平成歌合　古今和歌集百番』（角川学芸出版）
『平成歌合　新古今和歌集百番』（角川学芸出版）
『新万葉集読本』（角川学芸出版）
　　　　　　　　　　　（以上、ペンネーム「上野正比古」）
『万葉集難訓歌　1300年の謎を解く』（学芸みらい社）
『もっと味わい深い　万葉集の新解釈 I　巻第 1　巻第 2
巻第 3』（東京図書出版）

もっと味わい深い
万葉集の新解釈II
巻第 4　巻第 5　巻第 6　巻第 7

2023年 3 月25日　初版第 1 刷発行

著　　者　上野正彦
発 行 者　中田典昭
発 行 所　東京図書出版
発売発行　株式会社 リフレ出版
　　　　　〒112-0001　東京都文京区白山 5-4-1-2F
　　　　　電話 (03)6772-7906　FAX 0120-41-8080
印　　刷　株式会社 ブレイン

© Masahiko Ueno
ISBN978-4-86641-619-9 C0095
Printed in Japan 2023